世界经典童话小说书系

勇敢的男孩儿

著者／弗朗西丝·霍奇森·伯内特 等　编译／于洪梅 等

吉林出版集团股份有限公司｜全国百佳图书出版单位

图书在版编目（CIP）数据

勇敢的男孩儿／（英）弗朗西丝·霍奇森·伯内特等著；于洪梅等编译. --
长春：吉林出版集团股份有限公司，2016.12
（世界经典童话小说书系）
ISBN 978-7-5581-2137-1

Ⅰ.①勇… Ⅱ.①弗… ②于… Ⅲ.①儿童故事－作
品集－世界 Ⅳ.①I18

中国版本图书馆CIP数据核字（2017）第065091号

勇敢的男孩儿

YONGGAN DE NANHAIR

著　　者	弗朗西丝·霍奇森·伯内特 等
编　　译	于洪梅 等
责任编辑	沈　航
封面设计	张　娜
开　　本	16
字　　数	50千字
印　　张	8
定　　价	18.00元
版　　次	2017年8月　第1版
印　　次	2020年10月　第4次印刷
印　　刷	三河市嵩川印刷有限公司
出　　版	吉林出版集团股份有限公司
发　　行	吉林出版集团股份有限公司
地　　址	长春市绿园区泰来街1825号
电　　话	总编办：0431-88029858
	发行部：0431-88029836
邮　　编	130011
书　　号	ISBN 978-7-5581-2137-1

儿童自然单纯，本性无邪，爱默生说："儿童是永恒的弥赛亚，他降临到堕落的人间，就是为了引导人们返回天堂。"人们总是期待着保留这份童真，这份无邪本性。

每一个儿童都充满着求知的欲望，对于各种新奇的事物，都有着一种强烈的好奇心，这样在成长的过程中就不可避免地被好的或坏的事物所影响。教育的问题总是让每个父母伤透了脑筋，生怕孩子们早早地磨灭了童真，泯灭了感知美好事物的天性。童话很好地解决了这个问题，让儿童始终心存美好。

徜徉在童话的森林，沿着崎岖的小径一路向前，便会发现王子、公主、小裁缝、呆小子、灰姑娘就在我们身边，怪物、隐身帽、魔法鞋、沙精随时会让我们大吃一惊。展开想象的翅膀，心游万仞，永无岛上定然满是欢乐与自由，小家伙们随心所欲地演绎着自己的传奇。或有稚童捧着双颊，遥望星空，神游天外，幻想着未知的世界，编织着美丽的梦想。那双渴望的眸子，眨呀眨的，明亮异常，即使群星都暗淡了，它也仍会闪烁不停。

童心总是相通的，一篇童话，便会开启一扇心灵之窗，透过这扇窗，让稚童得以窥探森林深处的秘密。每一篇童话都会有意无意地激发稚童的想象力和感知力，让他们在那里深刻地体验潜藏其中的幸福感、喜悦感和安全感，并且让这种体验长久地驻留在孩子的内心，滋养孩子的心灵。愿这套《世界经典童话小说书系》对儿童健康成长能起到一点儿助益，这样也算是不违出版此书的初心了。

编者

2017 年 3 月 21 日

目录

MULU

勇敢的男孩儿……………………… 1

奶奶的魔法椅子………………… 13

秘密花园………………………… 43

小公主…………………………… 75

弗雷尔和女巫…………………… 105

勇敢的男孩儿

卫埃从小就很勇敢，和爸爸住在大海边的一个小渔村里，沐浴着北极光长大。

渔村里的人以打鱼为生，生活并不平静，大海巨浪滔天，还有海象、北极熊和鲸鱼作乱。

经常有海象、北极熊或者鲸鱼突然出现在渔船边，把渔船掀翻，把人拖下海，渔民们害怕极了。

一天早上，天气晴朗，大海一望无际，闪着银色的光芒。卫埃和爸爸来到海边散步，累了就坐在一块大石头上呼吸新鲜的空气，晒晒温暖的太阳。

"爸爸，今天的天气这么好，大海这么平静，我想出海去打鱼。"卫埃觉得自己长大了，应该为父亲分担一些生活的重担。

"好孩子，千万别去。虽然大海现在很平静，可是一旦刮起大风，你就会被海浪卷走。如果遇上海象、北极熊或者鲸鱼，你就回不来了，到那时，我到哪里去找你啊！"爸爸一听，顿时变了脸色。

"爸爸，我已经长大了，是个勇敢的男子汉，怎么能因为害怕危险而不敢出海呢？你就放心吧，就算遇到了海象、北极熊和鲸鱼，我也有办法应对。"卫埃语气坚定。

爸爸同意了。卫埃带上弓箭、刀、渔网、渔叉，还有食品和水，划着一条小船，向大海深处进发。

大海风平浪静，温柔的海风吹过，海面上波光粼粼。卫埃划啊划，渐渐地离海岸越来越远。

卫埃为能独自出海而感到自豪，觉得大海并不像人们想象的那样可怕。

"海风啊，你刮吧，使劲地刮吧！"他兴奋地向天空招手，大声呼喊。

不一会儿，海上真的刮起了大风，大海开始咆哮起来，巨大的海浪翻滚着，把卫埃的小船掀得很高很高。

卫埃坐在船里，紧紧抓住船桨，拼命划船，跟着海浪上上下下，有好几次差点掉进海里。

大风一直刮了三天三夜，小船就这么随波逐流，一直漂到了很远很远的地方。到了第四天，风浪终于停了下来，卫埃这才长长地舒了一口气。

卫埃发现了好多海豹，赶紧拿出渔叉、弓箭和渔网，抓了一只又一只，不到半天工夫就抓到十几只。

他将海豹装上小船，高高兴兴地准备回家。正在这时，他听到一阵奇怪的响声，一只海象向他游了过来。海象长着长长的獠牙，非常吓人。它一口咬住小船，恶狠狠地盯着卫埃。

"快走开，我可不是好惹的。"卫埃吓了一跳，但很快就缓过神儿来。

海象好像没有听见一样，继续使劲儿，想掀翻小船，吃掉卫埃。卫埃顾不上害怕，一只手抓住海象尖尖的獠牙，另一只手狠狠地向海象头上打去。海象来不及躲闪，被卫埃打得眼冒金星。

海象想要逃跑，卫埃赶紧掏出弓箭，向海象射去。海象中了箭，沉入海底，消失了。

卫埃打跑了海象，非常高兴，划起小船，哼着歌，往家的方向驶去。

过了一会儿，卫埃又听到"哗哗"的水声，一只巨大的北极熊迎面游过来。北极熊伸出厚厚的熊掌抓住小船，要把小船掀翻，吃掉卫埃。

"快滚开，别让我发火，不然有你好看。"卫埃没有害怕，大声喊道。

北极熊抓住小船，不肯放手。

卫埃见北极熊没有要走的意思，就一只手抓住熊耳朵，另一只手举起刀，向北极熊刺去。北极熊躲闪不及，被划了一道大口子，痛得"嗷嗷"直叫，赶紧逃跑了。

"我得快些回去，不然会有更多的麻烦。"于是，卫埃拼命地划船。

突然，天空暗了下来，好像有一座小山遮住了太阳。卫埃觉得奇怪，抬头一看，发现一只巨大无比的鲸鱼正游过来。这是一只鲸鱼王，背上长着一排小山似的鳍。

"卫埃，你的死期到了，今天我一定要吃掉你。你的爷爷和爸爸都不敢来这里打鱼，他们都害怕大海，害怕我，谁也不像你这么胆大包天。"鲸鱼王瞪着凶狠的眼睛，张着血盆大口。

"既然这样，那我们就比一比谁更厉害吧！要是你赢了，我和爸爸还有家中牲口全都归你处置；要是你输了，就再也不许出来作乱，干扰渔民捕鱼。我们一共比三次，行吗?"卫埃强装镇定。

"好，比就比，我要让你输得心服口服，但是，我们比什么呢?"鲸鱼王一口答应下来。

"远方海岸上有一座小房子,那是我的家,谁先到了那里,谁就算赢了。"卫埃想了想。

"行,一言为定!"鲸鱼王痛快地答应了。

比赛开始,卫埃拼命挥动双臂,划起双桨,小船飞快地向岸边驶去。

鲸鱼王长得胖胖的,怎么游也不如小船快,一开始落在了后面。但它摆动双尾,使劲儿向前游,保持着速度。

卫埃努力划船,渐渐地又累又饿,体力不支,速度慢

了下来，一点点地落在鲸鱼王的后面。

鲸鱼王最先游到岸边。

"卫埃，你这个笨蛋，我赢了。你看，我已经游到岸边了！"鲸鱼王高兴地大喊。

紧接着，卫埃也划到了岸边，使出全身的力气，跳出船舱，跑到小屋跟前。

"是我赢了，你高兴得太早了。别忘了，我们说的是，谁先到达我家的小房子就算赢。瞧瞧，我先到了。"卫埃一迈进门槛，立刻转身对鲸鱼王喊道。

鲸鱼王只能在水里游泳，没有办法在陆地上活动。这时，它意识到自己上当了，虽然恨得牙根痒痒，但也只能认输。

"哼，这次就算你赢了。我们还有两次比试的机会呢，你等着，下次看我怎么赢你。"鲸鱼王愤愤地游走了，消失在大海深处。

卫埃把海豹扛在肩上，回家去了。爸爸看到卫埃提到这么多海豹，高兴得合不拢嘴。

第二年春天，冰雪开始融化。

一天早上，卫埃到海边散步，看到大海里漂浮着许多冰块，就像小船在海面上漂荡。他觉得很有趣，就在几块浮冰上跳来跳去，玩得很高兴。可是很快，他就跳累了，躺在浮冰上，不知不觉睡着了。

不知道过了多长时间，他醒来了，四下一看，周围除了海水还是海水，浮冰离开了海岸，漂到了大海深处。

"怎么才能回去呢？"卫埃没有了主意。

忽然，天空暗下来，鲸鱼王又出现了。

"你好啊，鲸鱼王，好久不见。"卫埃主动打招呼。

"卫埃，这回你死定了，我要吃了你，还要吃了你全家。"鲸鱼王凶狠地说。

"鲸鱼王，你不能这样对我，我们说好要比试三次的，你记得吧，说话要算数。"卫埃镇定地说。

"好吧，这次我们比什么？"鲸鱼王问道。

这时，迎面开来一艘大船，卫埃有了主意。

"看见那艘大船了吗？你在船的一边，我在船的另一边，我们一起向船游过去，大船先往谁的方向转，谁就算赢，你看行吗？"卫埃对鲸鱼王说。

鲸鱼王觉得很公平，就同意了。

船上的水手们正在甲板上瞭望，忽然看到海里的卫埃，以为是有人落海了。

"快来人啊，有人落海了。"水手大叫起来。

"看，那里还有一只鲸鱼。"同时，另一个水手喊道。

"救人要紧！"一个水手喊道。

大船转舵，驶向卫埃。水手们放下绳子，七手八脚地把卫埃救上了船。

卫埃进了船舱，调皮地向还在游泳的鲸鱼王吐了吐舌头，做了个鬼脸。

"卫埃，我们还会再比的，走着瞧吧，下次你就没有这么容易赢我了。"鲸鱼王又输了。

说完，鲸鱼王游向深海，一会儿就不见了踪影。卫埃坐着大船，高高兴兴地回家去了。

又过了很长时间，一天，卫埃驾着小船下海捕鱼。刚驶进深海，天空忽然阴暗起来，鲸鱼王张着大口游了过来，样子十分吓人，好像要把卫埃一口吃掉。

"卫埃，今天你别想要什么花样，我一定要吃了你。"鲸鱼王嚣张地说道。

"鲸鱼王，我不怕你，我们还有一次比试的机会，谁输谁赢还不一定呢！这回比比耐力，我们都到水里去，谁先游累了，谁就算输，你看怎么样？"卫埃想了想。

"游泳谁能比过我？这回一定不能再输，一定要吃掉卫埃这个浑小子。"鲸鱼王暗自想道。

随即，鲸鱼王答应下来。

比赛开始，鲸鱼王转身向大海游去。卫埃却没有下水，而是急忙登上船头，瞄准鲸鱼王的背跳了下去。

卫埃骑在鲸鱼王身上，双手紧紧地抓住鱼鳍。

"快给我下去，你骑在我身上干什么？"鲸鱼王很生气。

"我们说要比游泳，可没说过怎么游啊。你现在就是我的船了，赶快向前游吧！"卫埃喊道。

鲸鱼王气坏了，使劲扭转身体，上下翻滚，还用尾巴拍打卫埃，想把他甩下来。卫埃紧紧抓住鱼鳍不放，身体贴着鲸鱼王的后背，无论鲸鱼王怎么折腾，也没有掉下去。鲸鱼王无计可施，疯了似的游进大海，游啊游，从早游到晚，累得筋疲力尽，都没有把卫埃甩掉。

"卫埃，你赢了，快下去吧，我实在是游不动了。"最后，鲸鱼王不得不投降了。

"你游累了吗？"卫埃问道。

"累，太累了。"鲸鱼王回答说。

"你认输了吗？"卫埃又问道。

"我认输了。"鲸鱼王点点头。

"你会履行诺言吗？"卫埃还是不放心。

　　"我当然会履行诺言。从今以后，我再也不会打扰你们了。"鲸鱼王答应道。

　　鲸鱼王说到做到，把卫埃送到岸边，就游回了深海，再也没有出来伤过人。从那以后，人们在海边安居乐业，再也不用害怕出海了。

奶奶的魔法椅子

很久很久以前，有一个美丽的女孩儿，名叫小雪花。她皮肤白皙，性情温顺，郡里的每个人都很喜欢她。她和奶奶冰霜婆婆生活在大森林边缘的一个小泥炭屋里。小屋很温馨，有苗壮的大树为她们挡住寒冷的北风，还有暖暖的阳光照耀着，就连小燕子也在屋檐下筑巢，陪伴着她们。

祖孙俩是郡里最穷的人，家里除了一把带丝绒坐垫的扶手椅外，再也没有一件像样的家具了，但她们生活得很开心。冰霜婆婆靠纺纱维持生计，小雪花知道奶奶辛苦，帮着喂鸡、拾柴。晚上是小雪花最开心的时候，可以听奶奶讲各种新奇有趣的故事。

一天，奶奶要出远门串亲戚，留下小雪花一个人在家。为了不让她觉得孤单，奶奶告诉了她一个大秘密，说那把扶手椅其实是魔法椅，只要把头轻轻靠在丝绒坐垫上，和它说"奶奶的椅子啊，给我讲个故事吧"，它就会开始讲特别有趣的故事；如果想要出门，只要坐在椅子上面说"奶奶的椅子啊，带我出发吧"，它就能带你去任何地方。

奶奶走了，家里变得很冷清。小雪花想起奶奶的话，把头轻轻靠在椅垫上，说道："奶奶的椅子啊，给我讲个故事吧!"她刚刚说完，一个声音就从丝绒坐垫下传出，开始讲起了故事。

就这样，每天晚上魔法椅子都给小雪花讲故事。小雪花非常感激椅子的陪伴，每天都把它擦得一尘不染。时间一天天过去，家里的粮食快吃光了，小雪花每天都在盼望奶奶能早日回来。犹豫了几天，她决定去找奶奶。

一早，小雪花用家里最后的大麦粉做了块饼干放进衣兜，然后稳稳地坐在椅子上说："奶奶的椅子啊，带我去找奶奶吧！"没想到椅子真的走出小屋，飞快地前行。

太阳快落山了，小雪花看见有很多工人在伐木。她非常好奇，便向一位和气的老工人走去，问是怎么回事。老工人告诉她，博金国国王要为独生女檀莲公主举办生日盛宴，这个宴会长达七天，大家都可以去美餐一顿。

小雪花很想见识一下皇家盛宴，坐上椅子来到了博金国王都。这里非常繁华，到处都是高档的商店和豪华的房子，人们都很富有，但小雪花觉得他们的表情很贪婪。

据说在很多年以前，这里到处洋溢着欢乐祥和的气氛，当时博金国国王和弟弟睿智王子一起统治着这片土地。睿智王子深谙治国之道，一天他独自去了森林，就再也没有回来。国王带着侍卫把森林搜了个遍，还是没有找到睿智王子。

后来，国王娶了愁容公主做王后。不久，他们生下了女儿檀莲公主。檀莲公主既贪婪又暴戾，和她的母亲一模一样，很不招人喜欢。但她毕竟是国王唯一的继承人，因此这次生日宴会，人们还是纷纷赶来庆贺。

侍卫看到会自动前行的魔法椅，赶紧禀告国王。国王也很好奇，召见了小雪花。小雪花第一次看到这么富丽堂皇的建筑，兴奋极了。

小雪花把魔法椅的事情告诉了大家。王后、公主和大臣看到魔法椅不是金的，大失所望。国王却认为，这把椅子留着说不定以后会派上用场，便把小雪花留在了王宫。

王宫里的人都看不起小雪花，她只能睡在厨房积满灰尘的角落里，吃厨师丢弃的剩菜剩饭。

公主的生日盛宴终于开始了，虽然场面热闹奢华，但少了点儿欢乐的气氛，大家似乎都很不满。晚宴后，国王情绪很低落，吩咐小雪花讲一个有趣的故事。

第一天，小雪花为国王讲了一个圣诞节布谷鸟的故事。

故事发生在很久以前的北郡小村庄，那里土地贫瘠，村民们都很穷，最穷的是一对叫竹竿和冬瓜的兄弟，他们是鞋匠。他们的鞋匠铺是一间用黏土和树枝搭成的小屋，连窗户都没有。

村民们对穿鞋不太讲究，而且有人认为还能找到比兄弟俩更好的鞋匠，所以鞋匠铺的生意并不好。尽管如此，兄弟俩还是依靠着自己的小生意、一小块麦田和菜园维持生计。一天，村里来了一个王都的鞋匠，他有闪亮的鞋钻和鞋楦，还盖了一间特别漂亮的修鞋铺。新鞋匠的到来让兄弟俩的日子更加窘迫，再也没有村民过来修鞋了。

圣诞节那天，因为没有柴火，兄弟俩冻得直发抖，竹竿只好到外面弄了一段老树根放进壁炉。不一会儿，整个小屋都被火光照得亮堂堂的。

兄弟俩围着炉火，突然听到从燃烧的树根里传来"布谷布谷"的叫声。声音清脆响亮，非常悦耳。他们扭头一看，原来是一只大布谷鸟从还没烧完的树根里飞了出来，而且居然会说话。布谷鸟请求他们给自己提供一个新窝，让它睡到明年春天。竹竿热情地答应了它的请求，还把自己唯一的面包分给布谷鸟吃。

春天，布谷鸟终于醒来，说下次来一定给兄弟俩捎点儿礼物。贪心的冬瓜向它要一片黄金树的叶子，而竹竿只向它要一片欢乐树的叶子。

在布谷鸟离开的一年里，兄弟俩的日子更加难过了，就连他们钟爱的姑娘美羽也不屑和他们说话了。

日子一天天过去，布谷鸟回来了，将黄金树叶子和欢乐

树叶子送给了兄弟俩。它还答应他们，以后每年都会给他们各带一片同样的叶子。

冬瓜捧着黄金树叶子，觉得竹竿蠢透了，白白错过了发财的机会。他大声嚷嚷着说不能再和竹竿这样的蠢货住在一起，然后带着自己的东西离开了小屋。他还把这件事告诉了村民，大家都开始嘲笑竹竿。

有了黄金树叶子，冬瓜娶了一直喜爱的美羽姑娘，还盖了一间非常漂亮的屋子。可冬瓜夫妇总是不满足，为了虚荣，在布谷鸟送来新的黄金树叶子之前，就把钱花光了。

竹竿虽然还是住在那间小破屋里，但每天都很欢喜，更神奇的是，村民们不知道从什么时候开始喜欢和他来往了。凡是和他交谈的人，不论有什么烦心事，都会变得快乐起来，就连每年带回礼物的布谷鸟，也只在竹竿的小屋里睡到春天。

一天，村庄的主人回来了。他是一位尊贵的勋爵，有一幢高耸入云的坚固城堡。他被国王免去了职务，脾气变得越来越暴躁。竹竿耐心地开导他，从此勋爵便忘记了所有的不快，不仅自己过得快乐满足，还乐于帮助穷人们。

这件事很快在北郡传开了，越来越多的人来到竹竿的小屋。一旦和竹竿聊过几句，所有人都变得高高兴兴，任何烦恼都会烟消云散。富人们给他送礼，穷人们带给他感激，竹竿的日子也开始好过起来。

竹竿从此声名远扬，连国王都派人来找他了。他把欢乐树叶子缝进皮背心的内衬，随使者进宫。他的到来使王宫气象一新，勋爵们忘记了仇恨，贵妇们忘记了妒忌，法官也变得公正无私。竹竿受到国王的宠爱，变得非常富有。

看到竹竿凭着几片欢乐树叶子飞黄腾达，美羽十分嫉妒，准备和冬瓜带着黄金树叶子去王宫。他们走进一片树林，又累又饿。这时，一个老婆婆给他们送来了食物和美酒，并夸赞他们是自己见过的最高贵的人。

夫妻俩得意忘形，喝下了附有咒语的蜂蜜酒，很快就睡着了。于是老婆婆和两个儿子把他们洗劫一空。

冬瓜虽然没有了黄金树叶子，却得到了竹竿的皮背心。原来，皮背心是竹竿的仆人锡脚尖儿偷偷扔掉的，正好被老婆婆的儿子捡到了。他认为这件皮背心又破又旧，便随手扔给了冬瓜。有了皮背心，冬瓜心满意足，夫妻二人决定在原地建一座小房子，快乐地生活。

失去了欢乐树叶子，竹竿焦急地在王宫周围寻找，可是锡脚尖儿坚称自己什么也不知道。竹竿找遍了每一个角落，盘问了每一个仆人，最后还是没有找到。

从皮背心丢失的那天开始，王宫又恢复了往日的乌烟瘴气、勾心斗角。竹竿觉得自己与王宫格格不入，便偷偷逃跑了。

在逃跑的路上，竹竿遇见了一个淳朴的樵夫。樵夫告诉他，是老婆婆的儿子捡到了皮背心。竹竿决定找回皮背心，于是向森林深处走去。未曾想在森林中的小房子里，他居然看见了美羽和冬瓜。他用一件绿色斗篷换回了破旧的皮背心。

最后，冬瓜和竹竿回到了村子，重新当起了鞋匠，每个人都对他们的手艺很满意。小屋又恢复了往日的热闹，屋顶上开满了金银花，门前长满了玫瑰。

他们的朋友布谷鸟仍旧每年为他们捎来欢乐树叶子，他们就这样一直幸福地生活着。

博金国国王觉得这是睿智王子离开后所听到的最有趣的故事，于是赏给小雪花一双配有金搭扣的绯红色鞋子，还允许她睡在火炉旁。

第二天，国王又让小雪花给他讲故事。这一次，她请魔法椅讲了一个绿袖夫人的故事。

从前，有两位富有、高贵的勋爵住在东郡，人们尊称他们为白堡勋爵和灰堡勋爵。他们是好朋友，约定让孩子温德和美叶长大后结为夫妻，白头偕老。

他们很慷慨，派人到森林里砍伐大树，送给穷人当柴烧，因此很受大家爱戴。

在米迦勒节的夜晚，他们照例款待了一位旅行者。白堡勋爵被旅行者讲的故事深深吸引了，发誓要找到森林尽头的那间古老木屋，见一见那位用头发纺纱的老婆婆。灰堡勋爵很担心老朋友，决定和他一起去。

行前，两位勋爵嘱咐管家好好照顾城堡和孩子，然后一起进入了那片古老的橡树林。虽然大家都很想念他们，但除了两个管家，没人知道他们的去向。

老奸巨猾的管家见主人很久都没回来，猜测他们一定是遇到了不幸，便把自己当作了城堡的主人，让自己的孩子过上锦衣玉食的日子，反而把勋爵的孩子赶去喂猪。

可怜的温德和美叶每天天不亮就得起来干活，而且只能吃到一小片面包和一小瓶馊牛奶。虽然每天都吃不饱、穿不暖，还要在森林附近一片没有篱笆的草场上放一大群猪，但他们还是快快乐乐的。

夏日里的一天，温德和美叶一边放猪，一边坐在一块长满青苔的岩石上休息。傍晚，他们突然发现猪不见了。他们在森林里找寻了很久，可是没有找到。夜幕降临，他们发现自己迷路了。

走着走着，他们发现了一条绿色的小径。小径的两旁长满了美丽的花朵，泉水冒着晶莹的水泡。这时，一位身穿绿袖长袍的夫人走来，他们把事情的经过告诉了夫人。

好心的夫人像变魔法一样，用冬青枝在常春藤上轻轻一划，就把他们带到了一间装有水晶窗的屋子里。夫人说她叫绿袖，已经在这里生活了一百年，每年冬天她唯一的朋友小矮人考纳就会来陪她，如果他们不介意，可以一直留在这里。

温德和美叶欣然接受了绿袖夫人的邀请。从此，他们每天观看蜜蜂采集蜂蜜，吃坚果蛋糕，睡柔软的苔藓床，过上了无忧无虑的生活。

一个偶然的机会，美叶听到一只乌鸦说他们的父亲被森林精灵施了魔法，已经记不起他们的城堡和孩子们，只知道在森林深处夜以继日地种橡果。

美叶和温德请求夫人帮他们找到父亲。

　　按照夫人的指引，他们沿着一条撒满黑色羽毛的羊肠小道，去找寻失踪的父亲。一路上，他们不畏艰险，长途跋涉，饿了就吃蛋糕和奶酪，渴了就喝溪水，困了就钻进树洞睡一觉。就这样，他们走了七天，终于见到了父亲。两个勋爵手上沾满了泥土，正在不停地用木铲埋橡果，不管孩子们怎么呼唤，都不应答。

两个孩子并没灰心，想尽办法让父亲停下来。其间，不断有猎人送来各种美味佳肴，可他们牢记着绿袖夫人的话，为了不被森林精灵施魔法，除了溪水什么都不喝。猎人见无计可施，只好怒气冲冲地走了。

善良的孩子们感动了森林里的乌鸦。它偷偷告诉他们，只要把自己悲惨的遭遇告诉父亲，趁他们听得入神，抢下他们手中的木铲，日落以后，施在他们身上的魔法就会解除。孩子们按乌鸦的话去做，终于解除了施在父亲身上的魔法。

他们一起回到家，赶走了两个邪恶的管家，从此过上了安乐的生活。

第三天，小雪花又开始给国王讲第三个故事。这是一个关于贪婪牧羊人的故事。

很久以前的南郡，没有城市，也没有集市，只有丰美的大草原和洁白的羊群。牧羊人世世代代放牧羊群，卡奇和凯恩是其中的两个。他俩虽是亲兄弟，但性格天差地别。

哥哥卡奇每天都想占便宜，而凯恩很善良。

贪婪成性的卡奇把父亲留下的财产都占为己有，只让凯恩帮他放牧羊群。凯恩并没有和哥哥争执，只管尽心尽力地放羊。卡奇发现羊毛能带来大笔财富，便贴着羊皮剪羊毛，不管凯恩怎么阻拦，也无论天气多么寒冷，他都照剪不误。绵羊失去毛的保护，冻得瑟瑟发抖，善良的凯恩经常为此和哥哥争吵。

其他的牧羊人看到卡奇越来越富有，都打算如法炮制。如果这样，那南郡的绵羊该有多可怜啊！就在这个时候，发生了一件怪事，卡奇家的绵羊一只只走掉了，兄弟俩怎么找都找不到，最后只剩下三只最瘦弱的羊。

卡奇虽然为丢失绵羊而大伤脑筋，但还是不忘剪掉那三只羊身上少得可怜的羊毛，直到家里一只羊也没有了。卡奇不想被他人嘲笑，决定带着凯恩去给最伟大的牧羊人当羊倌儿。

他们走了很久，正筋疲力尽的时候，山坡上传来悦耳的笛声。听到笛声，他们的脚不疼了，心情也豁然开朗。循着笛声，他们来到一个一望无际的牧场，成千上万只羊在吃草。

征得牧场主的同意，卡奇和凯恩留在牧场放牧。卡奇夸口说自己是最能干的剪毛手，牧场主便让他给羊群剪毛。这时，一群狼从山上跑下来，它们身上的毛很长，甚至遮住了眼睛。牧场主对兄弟俩说，谁能把狼身上的毛剪掉，这些狼就归谁。

卡奇害怕极了，丢下剪刀躲到了牧场主身后。凯恩则勇敢地走向一只狼。意外的是，那只狼好像认识他似的，乖乖地让他剪毛。其他的狼也围在他身边，好像在排队等待剪毛一样。剪完毛，那些狼一下子都变成了羊，这些羊也就都归了凯恩。凯恩不计前嫌，和卡奇一起高高兴兴地赶着羊群回家了。

国王很喜欢这些故事。第四天，他又让小雪花讲新的故事。这次讲的是精灵脚王子的故事。

那是一个叫树桩城的王国，坐落在广袤的原野上，居民们都有一双又大又笨重的脚。越显赫的家族就越是长着一副大脚板，所以国王和王后是树桩城脚最大的人。他们一直和和美美，直到七王子出生，不幸降临了。

一位尊贵的王子居然长了一双可怜的小脚，只有精灵才会有那样的脚。

整个王国陷入一片哀戚之中。为了让悲痛的王后振作起来，小王子被秘密送到牧场，交由牧羊人抚养。淳朴的乡下人记不住王子的名字，都叫他精灵脚。一段时间以后，王室好像已经忘了精灵脚的存在。

精灵脚慢慢长成了一个英俊的少年，可因为有一双小脚，村里的人都不愿意和他在一起，牧羊人每天都把他打发到人烟稀少的草场上放牧一些体弱多病的羊。精灵脚常常感到孤独和悲伤。

一天中午，他救了一个叫罗宾的精灵。罗宾告诉他，如果觉得孤独，就喊一声"嗬，好伙伴罗宾"，不管自己在哪

里，都会立刻赶来陪伴他。

罗宾带着精灵脚来到精灵聚集的地方。在那里，大家都很热情友善。精灵脚第一次喝到了浓浓的葡萄酒，忘记了烦恼和忧愁。

从那以后，他每天晚上都会去罗宾的草原，整晚和精灵们跳舞而不知疲倦。

自从有了罗宾，精灵脚再也不在乎孩子们是否愿意和他一起玩，也不再为被父母冷落而伤心，每一天都过得充实而开心。

一天晚上，他躺在一棵长满青苔的橡树下休息，忽然听到两个精灵在聊天，说五月花公主为了让脚娇小，在天南海北地求医问药。世界上只有美丽泉的水能帮助公主，可就是不知道它在哪里。听了他们的话，精灵脚一点儿睡意都没了，决定去见五月花公主。

由于整天想着这事儿，精灵脚无精打采，把放牧的羊弄丢了。牧羊人非常生气。精灵脚为了躲避他，钻进了森林。慌不择路的他，居然无意中发现了能让公主如愿以偿的美丽泉。

精灵脚决定把这个好消息告诉公主。他不畏路途遥远，白天吃野果，晚上睡树洞，终于来到一座大城市。他在花园中穿行，听到一个悲伤的声音正和美丽的小鹿诉说不能奔跑的痛苦。精灵脚环顾四周，终于看见了可爱的小公主。他向公主深深鞠了一躬，说自己有办法把她的脚变得娇小，但条件是不能让别人知道这个秘密。公主听了非常高兴，马上带精灵脚去见国王和王后。国王和王公大臣都不相信这个衣衫褴褛的人，只有王后认为值得一试，并且说服国王，让精灵脚带着公主去寻找美丽泉。

美丽泉是世界上最神奇的地方，拥有让世间一切变得更加美丽的魔力。

公主的脚一碰到泉水，便立刻变得娇小漂亮了。看着公主开心地欢呼跳跃，精灵脚突然悲伤起来。他多么希望世上有能让自己的脚变大的泉水啊，这样父母就不会抛弃他了。公主不忍看他伤心，说森林里有一口井，只要用井水洗脚，脚就会长大。刚好那口井离美丽泉不远，公主便带着精灵脚上路了。来到井边，精灵脚打算坐下来洗脚。但如果脚变大了，他就再也不能和精灵朋友们一起跳舞了。想了又想，他还是拉起公主的手走了。他不想失去朋友。后来，精灵脚和公主结为夫妻，一起过着幸福的生活。

到了第五天，小雪花开始为国王讲悯心姑娘的故事。

悯心姑娘是个孤儿，虽然抚养她的叔叔非常富有，但是对待个性谦和又一贫如洗的悯心，他从来都没有好脸色，就连仆人也常常欺负她。悯心姑娘每天都要干很多活，只能睡在储藏木材和药草的阁楼上。

每到收获季节，悯心的叔叔都会邀请农夫们一起享受丰收节晚宴，所有西郡的人都会盛装赴宴。宴会刚刚开始，突然来了一个又穷又丑的讨饭婆。宴会上的人都不理睬她，只有悯心把自己的晚餐给了她，还让她睡到自己的床上。

一连几天，老婆婆总是准时来吃饭睡觉，却从不向悯心道谢。

家里的人都嘲笑悯心收留了一个乞丐，可是她却不以为然。到了第九天，老婆婆不仅自己来乞讨，还带来一只难看的灰毛狗，托悯心照顾它。

悯心尽心尽力地照顾灰毛狗，不仅把自己的晚餐省下来给它吃，还偷偷带它去阁楼上取暖。每天晚上，灰毛狗都静静地趴在角落里的稻草上，而悯心则睡在它身旁。

这几天的拂晓时分，仆人们都会看到阁楼上有光，还有轻轻的说话声。主人的女仆决定一探究竟。

透过窗户，女仆终于看到了事情真相！原来是一队手持火把的小矮人，正毕恭毕敬地称呼灰毛狗为王子，向它报告宴会的准备情况。灰毛狗命令务必照最高规格举办，因为有一位尊贵的客人要来参加盛宴。那些小矮人领命离开，灰毛狗伸展了一下四肢又睡着了，而悯心依然熟睡着。

女仆吃惊不已，马上告诉了主人。主人一边骂她蠢，一边忍不住去窥探，结果也看到了相同的情景！他一夜没合眼，想起祖父曾经说过，在牧场的某个角落里有一条通往精灵国的小路。或许那条丑陋的灰毛狗是一位身份显赫的人物，正打算邀请哪个人去参加宴会。

夜幕降临，老婆婆再次出现。她和灰毛狗变成了漂亮的公主和英俊的王子，邀请悯心姑娘一起去赴宴。公主说话的时候，一队衣着华丽、驾着镀金马车的人出现了。

原来灰毛狗和老婆婆是精灵国的王子和公主，为世界上是否有心地善良的人打了一个赌。结果，认为没有的王子输了。

悯心随他们到达一个遍地长满樱草花的美丽国度。在豪华的宫殿里，她参加了有生以来最盛大的宴会。王子和公主送给她很多珠宝，还专程送她回家。

悯心从此成了一位高贵的淑女，再也不用看叔叔一家人的脸色了。

公主的生日宴会到了第六天，小雪花已经给国王讲了五个故事。

这天，国王的心情不好，魔法椅清脆的声音又响了起来，这次是关于人鱼嫁女的故事。

在很久以前的西郡海岸，有一个小渔村，村里有两个能干的渔夫，一个叫馊，另一个叫彬。馊为人刻薄，彬却彬彬有礼。他们经常一起出海捕鱼，从未空手而归。可是，这一天他们没有捕到鱼。彬不想两手空空地回去，决定把船开得更远些，再撒一次网。

这一次他们捕到了一条一人多高的丑鱼，小渔船根本就装不下。在他俩正发愁怎么办的时候，丑鱼居然说话了。它以倨傲的口吻，让馊和彬把它放回水里。馊吓呆了，彬答应了丑鱼的请求。

丑鱼为了感谢彬，决定把自己的女儿许配给他，只要他在一年后的今天再到这里来。

回到渔村，馊总是讽刺彬这辈子只能娶丑鱼的女儿为妻，还将此事告诉了全村的人。

彬不想再和馊一起出海了，于是买了一条破旧的小船独自捕鱼。虽然彬的捕鱼技术娴熟，但他的船太旧了，捕到的鱼越来越少。不得已，他决定去更远的海域碰碰运气。在那片海域，彬发现有几个美女向他挥手。原来，是约定的日子到了，丑鱼派人来接他。

海底世界非常漂亮，数以千计的水晶灯把宫殿照得亮堂堂的。那只丑鱼竟然是传说中的人鱼，它给彬看了两个女儿的嫁妆，还告诉他小女儿没有嫁妆，因为她只是丑鱼捡来的一个人类女孩儿。

彬很害怕，最后还是鼓起勇气选择了小女儿。海底宴会还在继续，彬累得睡着了。醒来时，他发现除了目光温柔的小女儿，其他人都不见了。小女儿说，人鱼每逢圣诞节都会躲在洞里睡觉，一直睡到新年。如果想回到陆地，只有通过一道门才可以。小女儿说自己是年幼的时候遇到海难，才和人鱼来到这个极尽奢华但令人生厌的国度。

此时，彬的母亲正悲痛欲绝，每天都来海边等待儿子归来。没想到，她在这里遇到了一位同样失去女儿的贵妇人，她们同病相怜，彼此安慰着。这位贵妇是勋爵夫人，很多年前一位占卜师说她的女儿将嫁给一个渔夫，所以她打算把女儿送往另一座城市，可是船沉了，女儿也葬身海底。她后悔极了，说如果能再见到女儿，一定不会为女儿嫁给渔夫而感到耻辱了。

在彬的帮助下，小女儿顺利穿过那扇神奇的门，回到陆地了。临行时，人鱼给了他们很多财宝，但彬听从了女孩儿的建议，把所有的财宝又扔回了海底，以免日后受到人鱼控制。

一天清晨，全村人在惊喜的叫喊声中醒来。原来彬带回的女孩儿居然是勋爵夫人的女儿，两位母亲同时找回了孩子。彬和女孩儿成了亲，成为地位显赫的勋爵，过上了幸福美满的生活。

至于馋，听了彬的故事，便带着母亲去海底寻宝，再也没有回来。

宴会的最后一天，小雪花和魔法椅为失落的国王讲了第七个故事——心欢喜的故事。

心欢喜是北郡一对穷苦夫妇的第十三个儿子。一天，这对夫妇给了每个孩子一枚银币，让他们去市集上买自己喜欢的东西。十二个儿子很快就买到了自己喜爱的东西，而心欢喜在太阳落山的时候，才终于买到了一把没有琴弦的小提琴。卖琴的小贩告诉他，除非用纺织女夜晚纺出的纱做琴弦，否则永远也无法修好这把琴。大家都嘲笑心欢喜被骗了，谁也不愿意再搭理他。

心欢喜费了九牛二虎之力，却怎么也修不好小提琴，便决定去找夜晚纺纱的纺织女。

路上，他看见了一个小村庄，那里的村民在不停地干活，就连小孩子也不例外。虽然这些村民看起来很富有，但脸上没有一丝笑容。

这是心欢喜见过的最沉闷的一个村庄，人们只是愁眉苦脸地干活，没有任何娱乐。

可是天黑以后，他却听到了一阵美妙的歌声。循声望去，他看到一顶帐篷。守门的士兵说，庄主"沉闷夫人"此前人称"无忧小姐"，当时村庄里有成千上万只鸟儿在鸣唱，有众多的精灵在无忧无虑地生活。可突然有一天，一切都变了。英明的国王无计可施，只能下令任何人都不准离开。只有找到在夜晚纺纱的纺织女，让沉闷夫人重新翩翩起舞，才能打破村庄的沉闷。

为了解救这些村民，心欢喜决定马上去找纺织女。他一路狂奔，终于找到了在一架银纺车旁唱歌的纺织女。他鼓足勇气请求她送给自己一根纱线。

善良的纺织女送给他两缕长长的金线，小提琴终于又焕发出生机。心欢喜虽然不懂乐理，但只要琴弓碰到琴弦，小提琴就会自动演奏出美妙的乐曲。

心欢喜来到沉闷夫人的帐篷前。听到美妙的琴声，沉闷夫人翩翩起舞，越来越年轻，昔日的无忧小姐又回来了。

整个山谷又恢复了以往的生机，小鸟在歌唱，精灵在跳舞。音乐之声解救了村民，每个人都非常感激心欢喜，就连国王也聘请心欢喜做他的第一小提琴手。在这个国度里，第一小提琴手的地位仅在国王之下。

小雪花讲完最后一个故事，公主的生日宴会也接近了尾声。除了王后和公主，每个人都开始喜欢小雪花，国王赏赐了很多漂亮的衣服给她。

小雪花非常高兴，从心底里感激国王。可是檀莲公主很生气，于是趁国王熟睡的时候，抢走了小雪花的魔法椅子。当檀莲公主让魔法椅子为她讲故事的时候，神奇的事情发生了！魔法椅子突然变成了睿智王子。国王听到弟弟回来了，高兴地迎了出来。睿智王子亲切地拉着小雪花的手，和大家讲述他被坏精灵施了魔法困在椅子里、小雪花陪伴他的经过。

国王欣喜万分，传旨听取民意，把王后霸占的东西物归原主。从此，国王和睿智王子又一起统治着王国，并将善良的小雪花立为继承人。

后来，冰霜婆婆回来了，小雪花非常开心，祖孙俩过上了幸福美满的生活。

秘密花园

玛丽·莱娜克丝出生在印度，由印度奶妈带大。印度奶妈和印度仆人总是听命于她，她渐渐变得骄横起来。

这天早晨，气氛有些恐怖。一场致命的霍乱爆发了，人像蚊蝇一样纷纷死去。在一片混乱中，玛丽躲藏到幼儿室里，被所有人遗忘。

房子里一片寂静。玛丽的父母在夜里染上霍乱去世了，而那几个没有死的印度仆人也都逃离了这座房子。玛丽成了孤儿。

起初，玛丽被送到一个英国牧师家。因为太过骄横，玛丽和那里的男孩儿相处得并不融洽。由于种种原因，后来她又被送到叔叔的米瑟斯维特庄园。

来接玛丽的是庄园管家，叫莫得劳克太太。玛丽一点儿都不喜欢她，而她也不怎么把玛丽放在心上。玛丽坐在列车车厢角落里，显得无奈而焦躁。莫得劳克太太开始喋喋不休地讲那座大房子有多么阴森，还有那位克兰文叔叔已经驼背了，因为妻子的去世整天把自己关在屋子里。小玛丽既觉得这位克兰文叔叔很可怜，又觉得他很讨厌。她久久地注视着窗外的暴风雨，进入了梦乡。

玛丽睡了很久，醒来时被莫得劳克太太带到了站台前一辆四轮马车上。她望着窗外，这条路正通向莫得劳克太太所说的那个古怪的地方。

马车灯射出的黄光照在粗糙的地面上，路旁是各种灌木和低矮植物。风在呼号，周围一片黑暗。

"我不喜欢这儿。"玛丽想。

到了一座古怪的房子前，一个老人开门对莫得劳克太太说："你带她去房间吧，克兰文先生现在不想见她。"

莫得劳克太太将玛丽领到房间，说："这个房间和隔壁的一间归你住，你只能待在这两个房间。"

就这样，玛丽来到了米瑟斯维特庄园。

早晨，一个叫玛莎的女仆走进房间，玛丽被吵醒。这个女仆与她所习惯的卑躬屈膝的印度仆人完全是两回事。玛莎看起来柔柔弱弱，但骨子里很坚强。

在知道玛丽不会穿衣服时，玛莎很吃惊。而玛丽也因为玛莎曾以为她是印度土著而气哭。起初，玛丽对玛莎的话毫无兴趣。但玛莎活泼可爱，玛丽开始留意她所说的牧尔、迪肯、迪肯养的小马驹和花园。

"那个花园上了锁，十年都没人进去过。克兰文先生的妻子去世后，克兰文让人把花园锁上了，不准任何人进去，把钥匙也给埋了。"玛莎说。

这件事引起了玛丽的好奇心。

玛莎走了以后，玛丽沿着小路向灌木墙走去，一边走一边想着那个十年无人涉足的花园。走着走着，她来到了小路的尽头，前面是一堵长长的墙，上面长满了常春藤。她走过去，穿过一道门，发现一个有围墙的花园。

一会儿，一个肩扛铁锹的老人从另一个花园走来，看到玛丽，没有说话。玛丽注意到围墙很长，看不到尽头。她还看到一只红色胸脯的知更鸟站在一棵树的枝头。

她转身找到那位老人，说起看到的一切。老人微笑地说："我叫季元本，只有知更鸟一个朋友。看来知更鸟是想跟你交朋友了。"

玛丽很开心，又问起那个花园。季元本立刻冷下脸，告诉玛丽别多管闲事，然后走了。

起初，玛丽觉得索然无味，整天把自己关在屋子里。后来，她意识到这样是不行的，于是走出房门。她在长廊上快步走，甚至沿着通向干道的小径奔跑，心情变得快乐起来。她问玛莎为什么克兰文叔叔如此憎恨那个花园。玛莎忍不住说出了事情的经过——克兰文太太原先非常喜欢那个花园，让玫瑰长满树干，自己则坐在树干上。有一天树干断了，她跌下来伤得很重，后来就去世了。

玛丽不再发问。风在呼啸，像孩子的哭声。玛丽问玛莎那是什么声音，玛莎说是风声，但她不信。

玛丽渐渐习惯了玛莎的老生常谈，甚至开始觉得和她闲聊很有趣儿。谈到书房，玛丽没有问在哪里，决定自己去寻找。

玛丽开始了自己的找寻历程。她不知不觉来到一个长长的画廊，墙上挂满了画像。到了三楼，她试着推开一扇紧闭的门，门很大很厚重，通向一间大卧室。然后她推开越来越多的门，看到越来越多的房间。周围一片寂静，但被突然的一阵哭声打破。玛丽心跳加速，正要拉开挂毯时，挂毯后的门打开了。莫得劳克太太一脸不高兴地拉起玛丽就往外走，并警告她再也不许乱跑。

玛丽在自己的房间坐下，气得脸都白了。

"一定是有人在哭！"她自言自语。

女仆玛莎去她妈妈那儿了，玛丽觉得很孤单。

她来到花园，准备跑上十圈，却看到了季元本。他主动与玛丽搭话："春天来了，你闻不到吗？"很快，玛丽就听到了一阵柔弱的振翅声，知道是知更鸟来了。她开始喜欢上了这个花园，喜欢上了知更鸟，喜欢上了玛莎、玛莎的弟弟迪肯，还有玛莎的妈妈索尔比太太。

知更鸟跳过一小堆新翻的泥土，停下来找虫子。土被翻起来，露出一个深坑。玛丽走到坑边，看到泥土里好像有什么东西，像是一个生锈的金属环。她伸出手，捡起金属环。原来是一把钥匙，似乎被埋藏了很久。玛丽站起来，几乎是一脸恐惧地盯着钥匙，也许它就是那把被埋藏了十年的花园钥匙！

玛丽望着钥匙，翻来覆去地打量，来回踱着步。玛莎回来时很高兴，说妈妈交代她要尽量让玛丽快乐起来。玛丽看着玛莎说："你确实能让我高兴，我喜欢听你说话。"

"我给你带来了礼物，觉得怎么样？"玛莎笑着说。

她从围裙下面拿出一根跳绳，在玛丽面前晃来晃去。那是一根结实、细长的绳子，两端的握柄涂着红蓝两色横条。玛莎跑到房间中央，开始跳绳。玛丽看着她，也渐渐兴奋起来。她紧紧握住玛莎的手，虽然觉得有些别扭，但还是很快乐，觉得再也不像当初那样讨厌玛莎了。

跳绳是件宝贝，玛丽跳着，数着数，从来没这么兴奋过。她跳到菜园，看到季元本一边挖地一边和知更鸟说话。突然一阵风把常春藤吹开，玛丽往前一跳，把什么东西抓在了手里。

那是一个被叶子遮住的门把手，上面有锁。玛丽伸手到口袋里，掏出那把钥匙，试了试，正合锁孔。她把钥匙插进去扭转，虽然要两只手才够劲，但锁孔还是转动了。门慢慢开了，她走进去，顺手关上，背靠着门环顾四周。

看到眼前的景象，玛丽呼吸加快，既兴奋又吃惊。

这是一个幽静神秘之处，地上铺满了枯草，可爱的攀援玫瑰爬满了枝头。

玛丽对园艺一窍不通，可是看到有些地方草太高，就跪下来拔草，从这里拔到那里，觉得很开心，一直干到午饭时间。

吃完饭，玛丽对女仆玛莎说："但愿我有一把小铲子。如果有一把小铲子，还有一些种子，我就可以再造一个花园了。"

"我们可以给迪肯写封信。他是个魔法师，懂园艺，也会饲养动物，让他把工具和种子一起买来。"玛莎建议。

于是，由玛莎口授，玛丽开始写信。

秘密花园是玛丽对它的称呼，她喜欢这个名字，更喜欢那里的感觉。绿墙把她围起来，没人知道她在那里。

她每天都在花园里干活，心情愉快，一点儿也不觉得累。在这一周，她和季元本成了熟人。他们一起聊知更鸟，一起聊玫瑰花。有一次，季元本问玛丽为什么对玫瑰花那么感兴趣，玛丽嘟囔说："我想有个自己的花园。"

接下来的十几分钟，她问遍了所有想知道的问题。季元本后来口气有些不耐烦了，玛丽很知趣，沿着外侧小路走开了。

秘密花园外蜿蜒着一条小径，玛丽本想沿着小径走走，可突然听见几声低沉奇怪的声音。

一个男孩儿坐在树下，吹着一只粗糙的木笛。他是个模样快乐的男孩儿，大约十二岁。

"我是迪肯，知道你是玛丽。我收到了玛莎的信，这就是我来的原因。我带来了园艺工具，还有一些种子。"男孩儿说。

在玛丽看种子的时候，知更鸟飞来了。

"知更鸟喜欢你，不然就不会靠近你了。"迪肯说。

玛丽笑起来，对迪肯小声说："我发现了一个花园，但它不是我的，也不是任何人的。我虽然一无所有，但我发现了它，我热爱它。"

玛丽带着迪肯沿着小径，进入秘密花园。

迪肯环顾四周："这真是个神奇美丽的地方！"

他走到最近的一棵老树前说："这里有很多枯树，不过有些还没完全死去，里面还有绿色。"

他们一棵树接着一棵树的施肥、浇水，干得热火朝天。迪肯很有力气，手也灵巧，知道怎么割去毫无生气的树枝，怎么留下还没死去的枝叶。

迪肯肯定了玛丽的成绩。他一直在不停地干活，玛丽则跟在他身后帮忙。

"如果你允许，我天天来帮你。咱们共同唤醒这座沉睡的花园，这是一件很有意义的事。"迪肯坚定地说。

大钟敲响，到了午饭时间，玛丽必须得走了。迪肯向玛丽保证，绝对会保守秘密。

　　玛丽吃过饭正和玛莎聊天，莫得劳克太太进来说克兰文先生想见玛丽。

　　玛丽来到克兰文先生的房间，看到一位愁容不展、满头白发的男人坐在椅子上。

　　聊了一些无关紧要的事情后，克兰文先生说："不要害怕，你可以做点儿开心的事。你需要什么吗？"

　　"我可以要一点儿泥土吗？"玛丽小心翼翼地说。

　　克兰文先生站起来，开始在房间里踱步，然后态度温柔地说："你想要多少就有多少，你让我想起了另一个深爱着泥土的人。"

　　他把莫得劳克太太叫过来说："莫得劳克太太，不要过分地管制玛丽，让她有些自由。"

　　和克兰文先生告别后，玛丽马上回到花园。迪肯不见了，但留下了一张纸条——我还会回来的。

　　玛丽回到房间，又听见了曾经听到过的哭声。这次她打算亲自去看看。

床边有一支蜡烛，她拿起来轻轻地走出房间。她站在走廊里，哭声真真切切。她用耳朵判断方位，推开一扇门。她看到床上躺着一个男孩儿，焦躁地大哭不止。男孩儿很瘦，脸色苍白。

看到玛丽，男孩儿惊诧了一阵说："我是柯林·克兰文，是克兰文先生的儿子。"

他说他不喜欢别人看到他，也不喜欢看到别人。但他表示希望玛丽坐下来聊聊天，讲讲她的事。

玛丽发现他是个残疾人，需要坐在轮椅上生活。克兰文先生很少来看他，也不喜欢他。

"每个人都想让我高兴，但没人相信我能活到成年。"柯林说。

玛丽不小心聊到了花园，想停下来却已经太迟了。她觉得柯林也对花园十分感兴趣。柯林平日无事可做，于是秘密花园就成了他唯一的寄托。

"我可以让这里的人告诉我花园在哪儿。我打算让他们把门打开。"他说。

这个男孩儿确实被惯坏了，以为全世界都属于他。

玛丽很着急，于是颤抖地说："别这样，要是这样的话，它就永远不再是秘密了！如果花园是个秘密，我们便可以每天进去，观察植物的生长，看看有多少玫瑰还活着，这不是很好吗？"

"我应该喜欢那样。"柯林想了想说道。

玛丽把柯林的事告诉了玛莎，玛莎的表情瞬间变得惊恐起来："他是一个被惯坏了的孩子！随便哪个生病的小孩儿，不呼吸新鲜空气，整天躺着看书、吃药，怎么会好起来呢？"

有一天，柯林突然把玛莎叫去，让她叫玛丽到他的房间聊天。柯林和玛丽聊了很多，还聊到了迪肯。

"医生说，如果你心情舒畅，就有可能活下去。我知道谁能让你开心，那就是迪肯。他总是说开心事，从来不谈沮丧事。"讲到迪肯，玛丽开始滔滔不绝。

他们聊得很开心，谈到迪肯开怀大笑，谈到季元本和他的知更鸟更是笑声不断。

这时，柯林的医生和莫得劳克太太走进房间，露出惊讶的神情。虽然柯林表示他喜欢玛丽过来，但他们还是显得顾虑重重。玛丽一早醒来就迫不及待地去了花园，发现迪肯早就到了。

"我在床上怎么躺得住呢！早上阳光明媚，整个世界都苏醒了，鸟儿在唱歌，花儿在开放，蜜蜂在劳动，蝴蝶在跳舞，而且秘密花园一直在等着我们！"迪肯说。

他们在花园里跑来跑去，看到了很多美好的景致。迪肯让她看玫瑰枯枝上的叶芽，看破土而出的新绿。

玛丽对他讲到了柯林，迪肯说知道他："我想，要是他能出来，能到这儿来，就不会总是觉得孤零零的了。他会为玫瑰丛里的花苞而开心，这一定对他的身心有好处。花园里的一切，我担保会比医生强百倍。"

玛丽觉得迪肯说得很有道理。那天早上他们发现了很多可做的事，忙到中午才回家，胡乱吃了一口又急忙回去干活，直到最后一刻才想起柯林。玛丽让玛莎转告柯林，说她暂时不能去看他了。晚上玛丽回来，得知柯林为此大发脾气。她进入柯林的房间，看到他直挺挺地躺在床上。玛丽对此也非常生气，于是他们大吵了一架。玛丽说再也不去看他了。柯林说只要他想，她随时都得来。两个执拗、被惯坏的孩子互不相让。

玛丽气呼呼地走出房间，护士告诉她："柯林的病一半是由歇斯底里引起的。"

玛丽回到自己的房间，花园带给她的愉快消失了。她觉得闷闷不乐，不再可怜柯林。她本来想告诉他很多事，但现在什么心情都没有了。

玛丽每天起得很早，在花园里努力工作。她经常对自己说，不要和柯林一般见识，应该去看看他。每当听到柯林歇斯底里的哭喊声和尖叫声，玛丽就会想，他得停下来，得有人去制止他！于是她冲进柯林的房间。

"别闹了!"玛丽喊道。

"你觉得我还能活多久?"柯林的脾气已经过去。

"你会一直活下去,只要你答应和我一起去呼吸新鲜空气。而且,我可以带你去那个花园。"玛丽劝道。

柯林睁大了眼睛听着,在玛丽温柔的低语中睡着了。

能和柯林聊的实在是太多了,玛丽滔滔不绝地讲着,柯林似乎永远也听不够关于迪肯和小动物们的故事。

"我希望能成为动物们的朋友,但我从来没和动物交过朋友。我想见见迪肯。"柯林说。

玛丽很高兴,但立刻紧张起来:"我能信任你吗?"

柯林坚定地点了点头。

"迪肯明天早上会来见你,也会把他的小动物带来。还有,有一道门通向花园,在常春藤的后面。"玛丽说。

"噢,玛丽,真是太棒了!"柯林含着泪水喊叫道。

此刻,他早已忘记了疼痛和疲倦,兴奋不已。

柯林房间的窗户开着，他不再担心会感冒，想尽可能多地呼吸一些新鲜空气。这天，他让护士端来早餐，和玛丽一起开心地吃着。突然，羊羔的叫声飞进了房间。

迪肯来了，带着微笑。他抱着羊羔，红色的小狐狸跟在他身后一路小跑，一些小动物从他的口袋里探出脑袋。

柯林眼睛里充满了惊奇与欢乐。迪肯走到柯林身旁，让他抚弄小动物，让他看小羊羔吃食。他们三个开始坐下来聊天，从小动物说到花园。迪肯知道所有花的俗名，能准确无误地说出秘密花园里都有什么花。

"我一定要去看看它们，决不能再在这里浪费时间了！"柯林激动地大叫不止。

但是他们还得等上一个星期，因为前些天刮大风，柯林得了感冒。这本来会让他大为恼火，但想到还有神秘的计划要去执行，而且迪肯每天都带来各种新鲜事，柯林也就不觉得烦躁不安了。

　　然而，最刺激的事，还是如何确保柯林能被秘密地运进花园。他们需要转过灌木丛，沿着墙外的小径去花园，而且还不能让人看见。

　　那天天气很好。迪肯缓慢地推着轮椅，玛丽跟在旁边，柯林仰视蓝天，不时挺起瘦弱的胸膛，呼吸野外的馨香。他们在灌木丛里绕来绕去，享受着神秘的感觉，最后来到秘密花园。

　　一缕金色静静地斜穿过枝叶，投到地上。李花一片雪白，蜜蜂发出悦耳的声响，恍若一个童话世界。柯林目不转睛地望着这个围在四堵高墙之中的花园，觉得整个世界都完美无缺、生机勃勃。

　　"看，知更鸟，它在那儿给妻子找食呢！"迪肯叫道。

　　知更鸟红翅膀一扇，飞进一片绿色之中不见了。柯林靠在轮椅上，脸上露出微笑。

　　突然，柯林惊呼一声："那个人是谁？"

玛丽和迪肯四处张望，看见季元本那张冷冷的脸贴在墙上。

他对几个孩子怒目而视，当看到柯林时，怒色立刻变成了惊愕："你怎么来的这儿？你不是柯林吗？你不是腿坏了吗？"

愤怒和屈辱让柯林忘掉了一切，他扯掉盖在腿上的毛毯，扶着迪肯挣扎着站了起来。

"啊！"季元本瞪大眼睛惊呼道。

"我能站起来！"柯林的头高高昂起，神情庄严。

"我就说，一旦你停止恐惧，肯定能站起来！"迪肯说。

"你施了魔法吗？"柯林问道。

"是你自己施了魔法。"迪肯开心地笑着。

"人人都以为我会死，其实我不会！现在，这里是我的了，我爱它。"柯林大笑着拿起地上的铲子，开始挖土。

　　玛丽和迪肯屏住呼吸，望着柯林。季元本从暖房里拿出盆栽玫瑰，递给柯林。柯林把玫瑰放进土坑，填土踩实。他仰望天空，太阳和他的脸一样红，似乎在为他高兴。第二天早晨，他们又来到秘密花园，柯林发表了一场演说。

　　"我要做一个科学实验，是关于魔法的。魔法是个好东西，但不是所有人都知道。我相信迪肯知道一些魔法，因为他能迷住动物和人。我肯定每样东西都有自己的魔法，只是它们自己不知道而已。玛丽刚发现这个花园的时候，它毫无生机。可是后来有一种力量把花草从土壤里推出来，这就是魔法。一切都是魔法造成的，叶子和树、花和鸟、獾和狐狸。魔法始终存在于我们自身。我要做一个科学实验，弄一些魔法来，植入我的体内，让它推我、拉我，让我强壮起来。"柯林振振有词，他高高仰着头，眼睛里流露出一种神圣的光芒。

"现在我要围着花园走一圈。"柯林宣布说。

于是，柯林打头，迪肯和玛丽稍后，羊羔和小狐狸紧随迪肯，季元本跟在最后。队列移动得缓慢而庄严。

柯林的头一直高昂着，嘴里不停地念叨："魔法在我身上，魔法让我强壮！"

终于走完了一圈，柯林面色通红，满心欢喜。

"我不想现在告诉爸爸，也不想让任何人知道。等爸爸回到米瑟斯维特庄园的时候，我要直接走进他的书房，告诉他，我和其他男生是一样的。我的身体很好，会活着，会成长为一个男子汉。这就是科学实验的结果。"柯林兴奋地说着。

迪肯、玛丽和季元本相视而笑。

在秘密花园干活不是迪肯唯一的工作，还要帮妈妈照顾西红柿等。他对妈妈讲了柯林少爷和玛丽的事。

"他们俩每天都很开心，柯林少爷的身体越来越好，不像以前那么消瘦了，饭量大增，总觉得饿，不知道怎么才能不说谎得到足够的食物。柯林少爷说，要是他们不停地要食物，别人就不会相信他是个残疾人。"迪肯说。

"我告诉你怎么办吧！你早晨去的时候，提上一桶新鲜的牛奶，带上我烤的脆皮面包或葡萄干面包。小孩子都很喜欢吃这个。"索尔比太太说。

"啊，妈妈，真是绝了，您总能想出办法来！他们昨天还担心呢，不知道怎么才能撑下去，没想到今天就解决啦。谢谢您，妈妈！"迪肯高兴地说。

"你的胃口大有长进啊。"一天，护士对柯林说。

"也许这是不正常的现象吧！"柯林不露声色。

"如果你父亲听到了你这个了不起的进步，一定会很高兴。"医生若有所思地说。

"不准你告诉他！没有我的允许，谁也不准给我爸爸写信！"柯林怒火冲天。

平静之后，他找来玛丽聊天。两个人对此忧心忡忡。

第二天一早，迪肯担来两个白铁桶，一桶装着新鲜牛奶，一桶装着农家小面包。

"他们几乎什么都没吃，却精神饱满。"护士看着被退回来的食物，困惑不解。

"既然不吃东西也能活蹦乱跳，那我们又何必自寻烦恼呢！"医生说。

一天早晨，雨不停地下，柯林觉得有些烦躁不安，为了保险起见，不得不坐在沙发里。

"柯林，你知道这座房子里有多少个房间吗？大约有一百个谁都没有进去过的房间！"玛丽突发灵感。

"有一百个谁都没进去过的房间？听起来简直像是另一个秘密花园。你可以推着我，我们一起去看看，不会被发现的。"柯林兴奋不已。

于是，他们去了印度房间，玩了一会儿象牙；去了那间玫瑰色的闺房，看见了靠枕里老鼠留下的洞。他们发现了很多走廊、角落、楼梯，以及一些老画、用途不明的古老摆件。

这座大房子太神奇了，使这个早晨也变得妙趣横生。

一天下午，玛丽发现柯林的房间发生了变化，帘子被拉到一边，之前被帘子遮住的柯林妈妈的画像露了出来。

"你是不是在想为什么帘子被拉开了？这是因为看到她

的笑容，我的心情就会非常愉快。前天晚上，月光明亮，我突然醒了，觉得魔法充满了房间。我拉开帘子，她微笑地望着我，我很喜欢她这样看着我。假如我是她的灵魂，爸爸一定会宠爱我的。"柯林看出了玛丽的疑惑。

"你想让他宠爱你吗？"玛丽问。

"我曾憎恨这个想法。但假如他真的宠爱我，我也许会告诉他魔法，使他快乐起来。"柯林回答说。

柯林经常举行魔法讲座，当发现季元本直愣愣地望着自己，便问他在想什么。

"我在想，你这一周至少重了三斤。"季元本说。

"都是魔法、牛奶和面包的功劳。你瞧，我的科学实验已经成功了。"柯林笑着说。

"让迪肯唱一首赞美诗听吧！那是他们在教堂里唱的东西，很好听的。"季元本建议。

于是，迪肯开始唱起来：

"赞美上帝，降下一切赐福，

赞美他啊，低伏在下的万物，

赞美他啊，把日月星辰统领，

赞美啊，圣父、圣子、圣灵。

阿门。"

他们听得非常入神。柯林的脸上流露出对迪肯的敬佩，开心地笑着。

突然，柯林神情大变："是谁在那边？"

常春藤覆盖的门被轻轻推开，一个女人走进来。

"是妈妈！"迪肯呼喊着跑过草地。

"柯林，我的好孩子，你现在是那么健康。还有你，亲爱的玛丽，你长大了一定会像粉红的玫瑰一样美丽。"索尔比太太看着一脸兴奋的孩子们说道。

孩子们非常高兴，带着索尔比太太参观花园，告诉了她事情的全部经过。

"你相信魔法吗？"柯林望着索尔比太太。

"我相信，孩子。在你们装点花园的时候，在你们唱赞美诗的时候，魔法一直在静静地看着、听着，它会带给你们欢乐。"

克兰文先生很长时间不在庄园，得四处旅行才能保持活力。这天他睡觉时梦见了亡妻，听到亡妻在叫他。

"莉莲，莉莲，你在哪儿？"他问道。

"在花园里，在花园里！"一个声音回答说。

克兰文先生被惊醒，发现索尔比太太写来一封信，说希望他能回去，有一个惊喜在等着他。

"对，我是应该回去了，应该立刻就走。我要去找钥匙，打开花园。"克兰文先生暗下决心。

他回到庄园，仆人们告诉他柯林少爷变得非常古怪——过去什么都不吃，可现在胃口大增；从前一直冷着脸，可现在经常开怀大笑。

"他现在在哪儿?"克兰文先生激动地问。

"在花园里,先生。"仆人说。

突然,克兰文先生听到了一阵爽朗的笑声。一个男孩儿向他奔过来,抱住他。男孩儿高大英俊,脸上带着稚气的笑容。

"谁? 你是谁?"克兰文先生被眼前的一幕惊呆了。

"爸爸,我是柯林啊! 你没法相信吧,这都是花园的功劳,还有玛丽、迪肯、季元本和小动物们,还有魔法!"柯林大声说。

"快带我去花园,我的孩子,把一切都告诉我。"克兰文先生声音颤抖着说。

莫得劳克太太无意中向窗外望了一眼,突然尖叫一声。所有人都跟着往外看,他们惊讶地看到:克兰文先生正穿过草地,那种欢快劲是他们从未见过的。更使人不敢相信的是,柯林少爷高昂着头跟在爸爸的身旁。

小 公 主

在一个冬日的黄昏，小女孩儿莎拉和父亲克鲁上尉坐着马车，前往敏钦小姐的高级女子私立学校。

"我不喜欢这儿，爸爸。"莎拉看了一眼学校的屋子。

"不过我敢说，即使是最勇敢的战士也不会喜欢战争的。"克鲁上尉笑着，感到十分有趣。

在学校门口，他们遇到了敏钦小姐。莎拉觉得她非常像学校的房子——个子高高的，面无表情，雍容华贵但长相丑陋。

敏钦小姐的眼睛大大的、冷冷的，像鱼眼一样呆滞，微笑也很夸张，冷冰冰的。克鲁上尉交代敏钦小姐，要给莎拉充分的自由，不要强迫她学太多的东西。

克鲁上尉是个很随意的年轻人，想让女儿拥有所喜欢的一切。他给女儿买的东西都是最高级的，还给她买了整整一柜子的衣服，虽然这对一个七岁的小女孩儿来说实在是太奢侈了。

莎拉买了一个新的布娃娃，还给它起了个名字，叫艾米丽。她喜欢和艾米丽一起睡觉。

最近，一件伤心的事情总在撕扯着克鲁上尉的心。那就是，他即将与自己精灵古怪的女儿分手了。半夜，克鲁上尉来到女儿的房间，看到她正搂着艾米丽熟睡。她的黑发和艾米丽的金发散落在枕头上，她们都穿着蕾丝边的睡袍，都有长长的睫毛。

第二天，克鲁上尉就要前往印度了。

"你永远在我的心里。"父亲临走时，莎拉只说了这一句话，然后转过身，跑回自己的房间，和艾米丽一起目送着马车走远。

关于爸爸和以后的生活，莎拉在早晨和艾米丽谈了一次。

"爸爸如今在海上。艾米丽，我们必须成为好朋友，互相谈心。艾米丽，看着我。你有我见过的最好看的眼睛。但是，你要是能讲话就好了。"莎拉对艾米丽说。

莎拉幻想着艾米丽在自己不在的时候可以自己读书，可以在地上跑来跑去。她觉得艾米丽可以说话、可以读书，但必须在没有人的时候，这是布娃娃的秘密。要是人们知道了，就会把它们当作仆人的。

仆人玛丽埃特听完之后笑了。

第二天，莎拉走进教室，每个人都好奇地睁大眼睛看着她。她静静地坐在座位上，等待别人告诉她该做什么。她的座位被安排在敏钦小姐的讲桌旁。

过了一会儿，敏钦小姐走进来，对莎拉说："莎拉，到我这儿来。听说你爸爸为你找了个法国女仆，我敢说他是希望你专心学习法语。"

"我想爸爸找她是因为爸爸觉得我会喜欢她，敏钦小姐。"莎拉说。

"恐怕，你是个被惯坏了的小女孩儿，总是想象人们做事情是为了让你喜欢。我的感觉是，你爸爸想让你学习法语。"敏钦小姐坚持自己的想法。

听完敏钦小姐盛气凌人的话，莎拉不知道如何解释了。

其实莎拉懂法语，在她还是婴儿的时候，父亲就经常对她讲法语。而且，莎拉的母亲是法国人。

"我虽然没有真正学过法语，但是……"莎拉小声地替自己辩白。

"别说了！既然你没有学过法语，那你现在就必须开始学。法语老师几分钟后就到。"敏钦小姐打断了莎拉。

法语老师杜法吉走了进来。莎拉在她面前非常流利地用法文朗读了一篇课文，博得了杜法吉老师的称赞。

"你早该告诉我啊！"敏钦小姐喊道，像是受了侮辱似的看着莎拉。

"我想解释，但您根本不让我把话说完。"莎拉辩解道。

敏钦小姐觉得莎拉冒犯了自己，觉得自己不懂法语的事被大家知道了，开始怀恨莎拉。

从走进教室的那一刻起，莎拉就注意到一个胖乎乎、看起来笨笨的小女孩儿。

当莎拉走上前用流利的法语和杜法吉老师对话时，胖女孩儿吓了一跳，脸色变得通红。几周以来，她一直在学法语，什么"母亲""父亲"学了好几遍。她觉得莎拉实在是太厉害了。于是，她一边盯着莎拉，一边狠狠地咬着头发上的发带。

正好，敏钦小姐的怒气找不到发泄的地方，看到胖女孩儿不雅的举动，便斥责道："圣约翰小姐，你这是干什么？把发带从嘴里拿出来！"

胖女孩儿吓了一大跳。接着，同学们便开始嘲笑她。

在接下来的课程中，莎拉发现胖女孩儿的法语基础不是很好，常常会读错，引来周围同学的嘲笑。对此，莎拉很生气，她认为不应该取笑别人。下课后，她找到胖女孩儿，并且和她成了好朋友。莎拉带着胖女孩儿去看艾米丽，还给她讲了艾米丽在没人时独自玩耍的事情。

　　胖女孩儿说，她有一个聪明的父亲，会好几种语言，但她却不会。父亲曾特别气愤地说她像姑姑一样笨，学什么都慢，而且忘得快。胖女孩儿为此非常苦恼，可又没什么有效的方法。

莎拉说自己之所以法语讲得好，是因为一出生就听别人讲法语，还说要是胖女孩儿也有这样的条件，法语也一定讲得很好。

最后，莎拉决定帮助胖女孩儿学习法语。

莎拉因为学习成绩优良，举止有礼，对人和善，经常受到表扬。但她并没有骄傲自满，反而很清醒，有时这颗聪明的小脑瓜竟然也生出了很多关于生活的哲理。

"很多事是偶然发生在人身上的，碰巧我喜欢功课和书本，而且记忆力不错。碰巧我有一个又帅又聪明的爸爸。或许我脾气根本就不好，但是如果你得到了想要的一切，而人们对你又那么和蔼，那你就不可能有坏脾气。其实我根本就不知道自己是好孩子还是坏孩子，因为我从未经受过考验。"莎拉常常这样对胖女孩儿说。

"拉维尼娅也没受过考验，可她坏透了。"胖女孩儿轻轻说道。

"也许她还没长大。"莎拉回答说。

　　事实上，拉维尼娅非常嫉妒莎拉，经常说她的坏话。在莎拉来之前，拉维尼娅可是全校学生的楷模，但是自从莎拉来了以后，她的地位受到了威胁。杰西是拉维尼娅的好朋友，连她也经常夸赞莎拉"从来不自以为是"。

　　确实，莎拉从不"自以为是"，总是慷慨地与人分享自己的待遇与东西。她从不会一把推开挡路的人，不会伤害小同学的心灵。小姑娘们对莎拉都很崇敬，六岁的洛蒂对她更是崇拜得五体投地。小洛蒂在妈妈死后被父亲送到这里，一直受到同学们的宠爱。哭是她的杀手锏，几乎是要什么有什么。而且她认为，一个失去母亲的孩子理应受到别人的怜悯和垂爱。

　　有一次，洛蒂又在哭，敏钦小姐和她妹妹阿米莉娅小姐怎么劝都劝不住。阿米莉娅小姐心生怜悯，而敏钦小姐态度强硬，想拿鞭子抽她一顿。这时候，莎拉自告奋勇去劝洛蒂。她一言不发地坐在洛蒂身旁。估计洛蒂也哭得差不多了，对身边安静的莎拉产生了好奇心，便哭着对她说：

"我是一个没妈的孩子。"

"我也没有妈妈。"莎拉说道。

洛蒂马上不哭了，安静地听着莎拉讲述关于天堂的故事。最后，莎拉自然而然成了洛蒂的"小妈妈"。

毫无疑问，莎拉最大的优势在于会讲故事，她能将所要表述的内容娓娓道来。

"我讲故事的时候，就好像故事是真的一样，觉得自己就是故事里的人物，真奇怪。"她经常这样说。

两年以后，一个冬天的夜晚，莎拉在教室里讲故事。一个小女孩儿走进来，手里抱着一筐煤。她跪在地毯上往壁炉里添煤，并把灰烬清理干净。她侧耳倾听，小心翼翼地把煤放进炉里。莎拉知道她是在听故事，便提高了嗓音。她绘声绘色地讲着美人鱼的故事。壁炉前的小女孩儿听得津津有味，把炉膛打扫了一遍又一遍。正要打扫第三遍的时候，刷子从她粗糙的手中掉了下来。

拉维尼娅回头看了一眼，大声叫道："她一直在听！"

小女孩儿一把抓起刷子，抱起煤筐逃了出去。

"我知道她在听。她凭什么不能听呢?"莎拉说。

"哦，我不清楚你妈妈乐不乐意，但我妈妈是绝不乐意让她听的。"拉维尼娅说。

"我妈妈，我相信她绝对不会不乐意的。因为她相信，故事属于每一个人。"莎拉还拿出了《启示录》来对付拉维尼娅。

后来，莎拉从玛丽埃特的口中得知那个女孩儿叫贝基，平时帮别人干一些零活。

一个午后，贝基终于忍受不住疲惫倒在了莎拉专用的小椅子上，小帽子歪歪斜斜地扣在头上，鼻子上都是煤灰，围裙上也有好几处煤渍。她被派到这里来收拾所有的房间，实在太累了，就睡在了小椅子上。莎拉发现后不但没有生气，反而亲切地跟她说话。

不久，发生了一件令人兴奋的事情。克鲁上尉在给莎拉的信中说，一个朋友去印度看他，在那里发现了钻石矿。

他有可能成为钻石矿的合伙人。

胖女孩儿对这件事十分好奇，洛蒂更是每天晚上要求莎拉给她讲这件事。

拉维尼娅气得咬牙切齿，对杰西说："我妈妈有一枚钻戒，花了整整四十镑。已经够大了，世界上要真有钻石矿，那可就太离奇了。"

"也许莎拉会富到荒诞的地步。"杰西笑着说。

这时候，莎拉带着洛蒂进来了。莎拉找了个角落坐下，开始津津有味地看一本关于法国大革命的书。洛蒂自己在一边玩儿。

过了一会儿，洛蒂和拉维尼娅吵了起来。拉维尼娅说洛蒂是个小爱哭精，洛蒂说自己不是爱哭精。洛蒂的哭声惊动了莎拉。莎拉最不喜欢看书的时候被人打扰了，非常生气，但还是强忍怒火，温和地安慰洛蒂，给她讲道理。而对拉维尼娅，莎拉则毫不留情，把她批评得说不出话来。这件事以后，那些嫉妒莎拉的女孩儿便轻蔑地称她为"莎拉公主",而那些喜欢莎拉的女孩儿则把这称号视为爱称。莎拉和贝基成了好朋友,经常和贝基分享自己的好东西。

莎拉的生日到了,大家决定举办一个生日晚会。莎拉把桌上的礼物一个个拆开,看到了一个个惊喜。贝基也在旁边快乐得手舞足蹈。

这时,敏钦小姐看见了贝基,不高兴地说:"你有什么资格在这儿,别忘了你的身份,把你手里的盒子放下。"

贝基慌忙退到一边,忍不住又看了一眼桌子上的礼盒。

"敏钦小姐,要是可以的话,能不能让贝基也在这儿?"莎拉突然说道。

敏钦小姐身子摇晃了一下,不安地扶了扶眼镜,不解地看着莎拉。

"亲爱的莎拉,贝基只是个厨娘。"敏钦小姐的话里带着明显的反感和厌恶。

"贝基是我的好朋友,我希望她能留下参加我的生日晚会。"莎拉坚定地说。

　　"既然是你的生日，那么贝基可以留下来。快，感谢莎拉吧！"敏钦小姐不失礼节地说。

　　敏钦小姐发表完长篇演讲，莎拉羞涩地对大家说："谢谢你们参加我的生日晚会。"

　　莎拉打开父亲送来的礼盒，里面的礼物简直可以办一场展览，真是应有尽有、五花八门。看到爸爸的礼物中有一个很大的洋娃娃，莎拉高兴极了。

她把一顶天鹅绒帽子戴在洋娃娃的头上，说："假设，假设它懂得人类的语言，肯定会为受到仰慕而感到自豪。"

"你总喜欢假设。"拉维尼娅傲慢地说。

"我知道我喜欢假设。世界上最美好的东西就是假设来的，就像童话故事一样。只要倾注精力，任何事情都会梦想成真。"莎拉毫不客气地回答说。

"你要什么有什么，当然可以假设。你要是个乞丐，还能整天假设、整天幻想吗？"拉维尼娅针锋相对。

"我会，我要是个乞丐，也会天天假设、整天幻想的，不过这肯定不是一件容易的事儿。"莎拉说完陷入了沉思。

一天，莎拉父亲的私人律师巴罗先生来了。他指名要和敏钦小姐谈谈。巴罗先生说，克鲁上尉因为劳累和疾病在印度去世了，以后莎拉的生活费和学费将无人支付。

很快，敏钦小姐脸色铁青地走出房间，大声地宣布莎拉不能再住好房间，不再有仆人，不再有一切了。

听到父亲去世的消息，莎拉出奇地安静。

"你瞪谁呢？你蠢到连话都听不懂了吗？我告诉你，在这个世界上，你没有亲人了，再没有人会为你做任何事情了，除了我出于善心收留你。"敏钦小姐突然发难。

"我明白。"莎拉回答道。

"我让你干什么你就得干什么，不要和我讨价还价。"敏钦小姐高喊道。

从此，莎拉住到了贝基的隔壁——一个破旧的小阁楼，里面什么都没有，只有硬邦邦的床板和满地的老鼠。她只好和贝基相依为命了。

接下来的日子里，敏钦小姐不断支使莎拉干活，连仆人都对莎拉颐指气使。

最初一两个月，莎拉以为只要尽心尽力干活，骂不还口，那些恶人态度就会温和一些。在这颗充满骄傲的心灵里，她希望恶人们明白，她在尽力养活自己，而不是在接受施舍。可是，情况正好相反，那些恶人的态度越来越坏，敏钦小姐千方百计地让她远离其他的孩子。

　　"战士是不会抱怨的。我不能抱怨，我会把这当成一场战斗。"莎拉咬着两排小牙。

　　要不是因为有朋友，莎拉那颗寂寞的心灵早就破碎了。贝基每天都来陪她，胖女孩儿也是。

　　"不幸可以考验一个人。我的不幸考验了你，你是一个非常可爱的人。"莎拉对胖女孩儿说。

　　还有一个人对莎拉的态度始终不变，她就是洛蒂。洛蒂还小，不懂在莎拉身上发生了什么事，也不懂得悲伤。

　　"你穷了吗?"她问莎拉。

　　莎拉自然没有告诉她实情。但洛蒂是一个执着的女孩儿，莎拉不告诉她，她就用各种方法打听。

　　一天傍晚，洛蒂终于发现了莎拉的秘密。她爬上莎拉住的阁楼。看到房间如此简陋、破烂，她呆住了，叫了一声"莎拉妈妈"。

　　听到洛蒂的声音，莎拉吓坏了，知道如果洛蒂哭起来，再碰巧被人听见，那她俩就都完了，于是极力地哄洛蒂：

"别哭别闹，这儿也不是那么糟糕。"

洛蒂很爱莎拉，为了"妈妈"，决定不哭了。

莎拉抱着洛蒂小小的身子，不知道为什么，这个胖乎乎的身体竟给她带来了些许安慰。莎拉给洛蒂描绘着这间屋子的好处，想象着真实的画面。

"我喜欢这个阁楼，这里比楼下有趣多了，并且基本的设施都有。"洛蒂高兴地说。

把洛蒂打发走，空荡荡的房间只剩下莎拉一个人。她的心情更加糟糕了，就像探视者走后，囚犯感到自己被遗弃了一样。

"这是个寂寞的地方，是世界上最寂寞的地方。"莎拉自言自语。

忽然，莎拉听到了吱吱的叫声。她看到一只硕大的老鼠正支起上半身，饶有兴趣地四处嗅着。它的样子很奇怪，像个长着胡子的小精灵。莎拉的脑子里立刻萌生出小孩子那种奇特的想象力。

"我敢说当一只老鼠也不容易，没人喜欢你。人们见到你就会跳起来跑开，还会尖叫着说：'哦，可怕的老鼠！'我可不希望人们见到我时跳起来惊呼：'哦，可怕的莎拉！'还用捕鼠器来夹我。造物主创造你的时候，根本就没问你是否愿意当老鼠。"莎拉不自觉地想着。

于是，莎拉开始喂小老鼠面包屑，还给它起了个名字。

她把这件事告诉了胖女孩儿，暂时忘记了苦闷。

胖女孩儿和洛蒂的阁楼之旅每次都充满了惊险，因为不确定莎拉是否在，还要提防敏钦小姐的突然出现。

敏钦小姐住的院子还有几户人家，莎拉以自己的方式同他们成了熟人。她把最喜欢的那一家称为"大家族"。每次经过"大家族"的时候，莎拉都流露出羡慕的神情。

一天傍晚，发生了一件很有趣的事儿。"大家族"中的一个小男孩儿唐纳德给了莎拉六便士。他显然把莎拉当成乞丐了，这是莎拉没有想到的。

后来，莎拉和大自然中的小动物越来越熟悉了，甚至经常和小燕子说话。有的时候，情绪崩溃的莎拉看着一言不发的艾米丽，便把它打倒在地，可马上又认为这不关艾米丽的事儿，于是开始后悔。

一天，一个非常有钱的人搬到了隔壁。那栋房子也有一个阁楼，离莎拉住的阁楼很近。莎拉根据家具和摆设，确定他是个印度人。听大家说，这个印度人患了严重的疾病。

房顶上的落日非常美。那天下午，没什么活儿，莎拉偷偷溜上房顶，享受落日的宁静。忽然，她发现，有人跟她的爱好一样，也在顶楼看日落。原来是那个有钱的印度邻居，还有一只猴子。他们对视了一眼，彼此给了对方一个微笑。

也许是为了向莎拉示好，印度人松开了手中的小猴子。小猴子很活跃，几下便跳到了莎拉的肩头。莎拉被这只猴子逗得笑起来。她知道这只猴子得回到主人的身边去，可是该怎么让它回去呢？这是一只调皮的小猴子，它会让自己逮它吗？她只好向印度人求助。庆幸的是，她以前曾跟父亲学习过印度话，可以很轻松地跟他对话。

交谈中，莎拉知道印度人叫兰姆·达斯。兰姆·达斯说这只猴子很听话，也很调皮，如果莎拉允许的话，他可以越过房顶来抓这只猴子。莎拉当即表示同意。

很快，兰姆过来把猴子抓走了，还扫了一眼莎拉的房间。

看着兰姆的土著服装和毕恭毕敬的表情，莎拉想起了往日的时光。就在不久前，她还是个公主，被人簇拥着，大家对她的态度就像刚才的兰姆一样。

突然，莎拉明白了一个道理。

"不管发生了什么事，有一样东西是永远不会改变的。即便我现在衣衫褴褛，可我仍是个公主。做一个娇生惯养、衣食无忧的公主容易，可要做个无人知晓的公主那就难了，那会更成功。"莎拉暗自鼓励自己。

从此这个信念便支撑着莎拉，她甚至比别人表现得更像一个公主。对此，拉维尼娅和敏钦小姐都感到很奇怪。

莎拉甚至在课堂上宣布："我是一个公主，可以做任何事，任何我想做的事。"

这令课堂上的每一个人都瞪大了眼睛。

"回到你的房间去，马上滚出教室！"敏钦小姐气得大声喊道。

闲暇的时候，莎拉喜欢想象隔壁房子里发生的事情。她知道教室挨着印度绅士的书房。她希望那堵墙厚一些，这样课间的吵闹声就不会打扰到他。从大家的谈话中，莎拉知道了这个印度人的经历。原来他的一切也跟矿藏有关。他得了脑膜炎，差点儿死掉。但是后来随着投入的收回，他活了下来，但脾气变得特别差。

"他和爸爸的遭遇相似，同样生了病，只是他没有死。"莎拉想。

莎拉的同情心是如此强烈，以至于每次看到兰姆坐在火炉旁，一手支着脑袋，用绝望的眼神凝视着炉火，她就会特别心疼。在她看来，他是一个内心纠结、还没有走出痛苦的人。他好像一直在想着什么痛苦的事情。投入已经收回，脑膜炎也会痊愈，应该没什么痛苦了，看来一定还有其他原因。

"大家族"的人经常去看望兰姆，两家的关系似乎很好，经常能看到他们在一起聊天。

"在你看来，那个孩子——我从未停止想念的孩子，我想——会不会——也沦落到和隔壁那个小女孩儿一样的境地呢?"兰姆慢慢地说。

"大家族"的男主人卡尔迈克尔先生不安地看了兰姆一眼，说道："我亲爱的朋友，你越快停止折磨自己，对你来说就越好。"

兰姆情绪激动起来，说："在形势危难之时，我为什么没能像男人一样担起我的责任呢? 我相信，要是我不负责管理那么一大笔资金的话，我会坚持自己的观点的。可怜的克鲁把他所有的钱都投到了这个项目上。他信任我，他爱我，他肯定认为是我毁了他。"

"请不要过于责怪自己。"卡尔迈克尔说。

"我不是责怪自己的投机生意几乎失败，我是责怪自己丧失了勇气。我就像一个骗子、一个小偷那样逃走了。我无法面对我最要好的朋友。"兰姆沮丧地抱着头。

"你逃走是因为你的头脑在巨大的精神压力下已经不能自主，那时你已经有些神志不清。要不是那样，你一定会留在那里坚持到底的。离开那里的两天后，你住进了医院，卧床不起，脑膜炎让你语无伦次。"卡尔迈克尔劝说道。

两个人都沉默了。

在一个寒冷的下午，敏钦小姐故意为难莎拉，不让又累又饿的她吃饭，还让她穿着湿鞋子一趟趟地去采购物品。

这时候，一件奇妙的事情发生了。当莎拉又一次在雨水中奔忙时，忽然发现了一枚闪闪发光的硬币，是一枚四便士的硬币。她是多么开心啊，正好附近有家面包店。有那么几秒钟，莎拉激动得要晕过去了，似乎看见了面包上的葡萄干。

在去面包店的路上，莎拉看见了一个比她年龄还小的可怜女孩儿。看着小不点儿那双带着饥渴目光的眼睛，她的同情心油然而生。于是，她到面包店买了六个面包，把其中的五个给了小女孩儿。

在那边，"大家庭"的父亲卡尔迈克尔正赶往莫斯科，尽全力寻找克鲁上尉的女儿。

一天，在阁楼里发生了一件怪事。兰姆和他的秘书悄悄

走进莎拉住的阁楼。他们仔细察看了莎拉的居住环境，决定给小莎拉的家添置一些豪华物品。秘书在小本上一件件记录着需要更换的东西。

看时间差不多了，他们便悄悄离开了屋子。

有一天，莎拉像个出气筒，又被敏钦小姐骂了一顿。厨娘还毫不留情地批评了莎拉，罚她一天不准吃饭。

疲惫的莎拉只好回到自己的阁楼，正好胖女孩儿来找她。她俩又看到了那只小老鼠，于是莎拉开始给胖女孩儿描绘美好的晚餐宴会，想象着一切。

胖女孩儿这才知道莎拉一天没有吃饭了，便偷偷跑回自己的房间拿了点儿好吃的。看着这些食品，莎拉没有马上吃，而是把同样饥饿的贝基叫过来一起分享。正当她们把这想象成一次丰盛的宴会，准备享用晚餐时，一切都被敏钦小姐的突然造访打断了。三个小女孩儿只好回到自己的房间，那些吃的东西也被没收了。

莎拉只好饿着肚子睡觉。她太疲倦了，很快进入了梦乡。第二天早晨醒来，她发现自己住的地方又恢复了原来的样子——暖暖的被子，软软的床，还有布娃娃，甚至还有丰盛的早餐和温暖的小火炉。她简直不敢相信这一切，叫来了贝基。贝基也惊呆了。

接下来的一天一夜，她们都生活在疑惑之中，猜想是谁做的这一切。

"莎拉小姐，这一切不会消失吗？我们应该快点儿吃。"贝基一边说，一边把一块三明治塞进嘴里。

"不，不会消失的。"莎拉说道。

当吃饱喝足要离开时，贝基沮丧地对莎拉说："这一切明天早晨起来还会有吗？"

结果第二天这些东西又出现了。

这天下午，在印度绅士的书房里，卡尔迈克尔先生急切地告诉兰姆，在莫斯科没有找到克鲁的女儿。后来，他们聊到了小莎拉。这时，刚好小莎拉抱着小猴子进来了。

"您的小猴子又跑出去了，昨晚跑到我阁楼的窗户上。

外面太冷了，我就把它抱进了屋子。要不是太晚，我昨天就把它送回来了。我知道您生病了，不喜欢有人打扰。"莎拉甜甜地说道。

"你想得真周到。"兰姆说。

从交谈中，兰姆得知莎拉正是他一直以来要寻找的孩子，非常高兴。

后来，性情温和的卡尔迈克尔夫人向莎拉解释了一切。莎拉看着兰姆问："告诉我，他是不是我爸爸那个可恶的朋友？"

卡尔迈克尔夫人流着泪，又亲了亲莎拉，觉得应该多亲亲她。

"兰姆不是坏人，亲爱的。他很爱你爸爸，都难过成这样了。有一阵子，他都有些神志不清，还得了脑膜炎，差点儿死了。他的病还没好，你爸爸就去世了。"卡尔迈克尔夫人轻轻说道。

"是兰姆改变我的房间，帮我成就了梦想吗？"莎拉问。

"是的，亲爱的，他人很好。"卡尔迈克尔夫人回答道。

善良的莎拉原谅了兰姆。她轻轻走到兰姆跟前，紧紧握住他的手……

这时，敏钦小姐气冲冲地走了进来。莎拉下意识地站起身，脸色变得十分苍白。

敏钦小姐一副故作威严的样子，说："很抱歉，兰姆先生，打扰您了。我是敏钦小姐，是隔壁女子学校的校长。"

"你来得正好，我的律师卡尔迈克尔先生正要去找你。"兰姆说道。

卡尔迈克尔微微鞠了一躬。

"您的律师？我不明白，我来这里是为了完成自己的职责。我发现有一个胆大妄为的学生，跑到这里打扰了您的清静。这件事我原本毫不知情。"敏钦小姐说道。

说完，敏钦小姐又看了看莎拉，怒声喊道："马上回去，看我怎么收拾你！"

"她以后同我住在一起。"兰姆轻轻拍着莎拉的手。

　　兰姆先生决定领养莎拉，还严厉斥责了敏钦小姐在学校的所作所为。

　　后来，莎拉跟着兰姆先生过上了幸福快乐的生活。

弗雷尔和女巫

很久以前，女巫迪博·恩格尔有十个貌若天仙的女儿。

为了追求她的女儿，很多人不辞辛苦，长途跋涉，有的外地人甚至不远千里，慕名而来。

可是，这些人最后都不知道去了哪里。久而久之，这便成了一个谜团。

其实，每当有人来到女巫的森林拜访那些传说中貌若天仙的少女时，女巫总是热情地出来迎接，并拿出美酒美食款待来访者。

天黑时，女巫挽留他们在森林里过夜。本来这些人就舍不得离开这些美丽的少女，所以女巫的挽留正合他们的心意，于是就美滋滋地留了下来。

夜幕降临，女巫把来访者安排到最大的屋子里住宿，并在屋子中间生起一堆篝火。屋里暖洋洋的，大家很快睡着了。趁大伙围着篝火熟睡，女巫拿出早已磨快的刀，轻手轻脚地走到面前，悄无声息地将他们全部杀死。

原来，女巫迪博·恩格尔从来都不吃素食，她的主食只有人肉。

在女巫的黑森林外有一个小村子，村子里有一户人家有十个儿子。十兄弟听说女巫有十个漂亮女儿后，都忍不住想去一探究竟。

"千万不能去那里，我不想让你们去冒险。以前去了那么多人，没有一个人回来。"母亲阻拦道。

可是，十兄弟一心想去见识一下女巫那十个女儿的绝世芳容，没有把母亲的话放在心上。

"母亲，放心吧，十个女人有什么好怕的。再说了，我们十兄弟完全能够照顾自己，你实在不用担心我们的安全。"十兄弟对母亲说。

第二天早晨，农妇的十个儿子一起偷偷溜出家门，兴高采烈地朝着女巫迪博·恩格尔的黑森林跑去。森林中的道路很曲折，可是兴奋的十兄弟一点儿也没感到害怕。

十兄弟刚离开不久，农妇又生了一个儿子。可是，这个小男孩儿长得十分奇怪，只有手指那么大，一生下来就能走路和说话。

"母亲，你能告诉我，哥哥们去哪里了吗?"小男孩儿问农妇。

"他们啊，大概趁我睡着的时候跑去女巫迪博·恩格尔的家里了。"农妇回答。

话音刚落，农妇一惊，小儿子是怎么知道他还有十个哥哥的?

"他们有危险，我必须去救他们!"小男孩儿惊叫起来。

说着，小男孩儿便在母亲惊愕的目光下，风一样地冲出了家门。

一盏茶的工夫，小男孩儿便追上了十个哥哥。

"哥哥们，等等我！"小男孩儿气喘吁吁地喊道。

十兄弟听到有人叫他们，便停下来。当回头看到小不点儿男孩儿时，他们惊得目瞪口呆。

"你是谁，是你在叫我们？"其中一个哥哥满腹狐疑。

"我叫弗雷尔，是你们的小弟弟。"小男孩儿回答道。

"撒谎，我们兄弟只有十人，什么时候又冒出来一个弟弟？趁我们还没有发火，你赶紧离开。"一个哥哥听到弗雷尔的回答，十分生气。

"不行，我不能走，否则你们会有危险的！"弗雷尔执意要留下来。

十兄弟怒不可遏，对弗雷尔拳打脚踢。

十个哥哥一直把弗雷尔打到失去知觉才消气。扔下弗雷尔，十兄弟继续向着女巫迪博·恩格尔的家走去。走了一会儿，他们突然发现不远处有一块十分漂亮的布。

"嘿，看我捡到了什么！也不知道是谁不小心丢的，我们正好将这布送给女巫。"一个兄弟捡起布。

那位兄弟将布搭在肩上，与其他兄弟一起奔着女巫的家走去。

不一会儿，这个兄弟便觉得这块布十分沉重，就让第二个兄弟替他背一会儿。第二个兄弟边接布边嘲笑那个兄弟无能。然而过了一会儿，第二个兄弟也因布太重而将布传到了第三个兄弟的手里。就这样，这块布一直传到了大哥的手里。

当大哥也背不动那块布时，他听到布里传出了一个奇怪的声音。

"我是你们的小弟弗雷尔，我在布里面，所以你们才会感到布很重。"弗雷尔说道。

十兄弟气坏了，将弗雷尔从布里抓出来，使劲儿摔到了地上，接着又是一顿痛打。直到弗雷尔再次失去知觉，他们才停手。

十兄弟继续向女巫迪博·恩格尔的家走去。由于女巫住在黑森林深处，刚刚又因为弗雷尔耽误了一些时间，十兄弟不得不加快了脚步。

这时，一个兄弟不小心被什么绊倒了，低头一看，竟是一枚银光闪闪的戒指。

"大家快看，我捡到了一枚银戒指！"那个兄弟惊叫道。

十兄弟为捡到银戒指而高兴，有说有笑地继续赶路。

可是，没走多远，带着戒指的那个兄弟，因为戒指太重而不得不将戒指摘下，交给了其他兄弟。

情形跟之前捡到布时一样，十兄弟轮流带着戒指。当他们都累得没有力气，大哥想要把戒指扔掉时，弗雷尔从戒指里跳了出来。

"大哥，是我，你们的弟弟弗雷尔。因为我在戒指里面，所以你们才会觉得重。"弗雷尔抬头对大哥说。

"算了吧，看来他是跟定我们了，带他一起去迪博·恩格尔那儿吧！"当兄弟们要再次打弗雷尔时，大哥出面制止了大伙儿。

于是，弗雷尔藏到了大哥的脚后面，跟着十兄弟一起来到了迪博·恩格尔的家中。迪博·恩格尔见有人来了，亲自出来迎接，并叫来十个女儿。

十兄弟见女巫的十个女儿和传说中的一样美若天仙，都看呆了。女巫的女儿们将十兄弟带到了隔壁的大屋子里，闲聊起来。

女巫迪博·恩格尔起身给十兄弟拿食物，这时发现了一直躲在大哥脚后面的弗雷尔。迪博·恩格尔异常惊讶，弯腰捡起弗雷尔，将他放到了手心里。

"天哪，你真是太可爱了，和我一起回屋子里好吗？"女巫笑着说道。

弗雷尔点头答应了，于是被带到了女巫的屋里。十兄弟看见女巫对弗雷尔十分友好，感到很惊讶。

可是，当十个姑娘走到面前邀请他们一起唱歌跳舞时，十兄弟就将弗雷尔忘到脑后了。转眼到了晚上，十兄弟恋恋不舍，不想离开。

"这黑森林晚上根本没法走，这样吧，你们就留在这里，等天亮再走吧！"女巫看出了十兄弟的心思。

女巫的这番话正合十兄弟的心意。于是，十兄弟决定留下来，继续和美丽的姑娘们一起唱歌跳舞。

女巫在一旁笑着看他们跳舞，并且不断地给他们添上自酿的美酒。当十兄弟都累到筋疲力尽时，女巫给他们每人递过一个垫子，让他们在大屋子里睡觉。

令十兄弟高兴的是，女巫让十个女儿也留在这个大屋子里睡觉。

"你的哥哥们都已经休息了，这个舒服的大垫子给你，你也早点儿睡吧！放心，你睡在我旁边，没有谁会伤害到你的。"女巫回到自己屋里，对弗雷尔说。

说完，女巫就躺下，闭上眼睛睡着了。可是，弗雷尔怎么也睡不着。

过了一会儿，女巫悄悄地从床上爬了起来，猫着腰看了看弗雷尔，在确定弗雷尔真的睡着之后，才蹑手蹑脚地走到屋子的角落里。女巫拿出藏在角落里的刀，正想往外走，这时弗雷尔醒了。

"你要干什么?"弗雷尔问道。

"没什么，你怎么还没睡?"女巫连忙将刀放回原处。

女巫走过来，给弗雷尔重新铺了铺枕头，躺在了弗雷尔身边。

弗雷尔知道，女巫是不会善罢甘休的。于是，他又假装睡着了。大约一个小时过去了，女巫果然又爬了起来，再次轻手轻脚地走到了屋子的角落里。她刚拿起刀，弗雷尔又醒了。

"你又要干什么啊？"弗雷尔问女巫。

女巫又被吓了一跳，于是瞎编了一些话，又躺在了弗雷尔的身边。

过了好久，女巫实在是太困了，便昏昏沉沉地睡着了。

弗雷尔趁机溜出了女巫的屋子，跑到了哥哥们的屋里。他轻轻地把哥哥们穿的白袍子披到了女巫女儿们的身上，然后又把女巫女儿们穿的蓝袍子披到了哥哥们的身上。

弗雷尔松了一口气，悄悄地回到女巫的屋子里，躺下睡着了。

过了一会儿，女巫又醒了，急急忙忙地跑到屋子的角落里，拿出那把已磨好的刀，走出了屋门。这次，弗雷尔没有说什么。

女巫蹑手蹑脚地走进了十兄弟和女儿们的屋子里，举起大刀对准披着白袍子的人的脖子，用力地割了下去。

"哈哈，好久都没有这样饱餐一顿了！"女巫十分得意。

女巫回到自己的屋里，将刀放回原处，安心地睡了。弗雷尔见女巫真的睡着了，便急忙跑到哥哥们身边。

"快起来，女巫要杀掉你们！"弗雷尔用力推着哥哥们。

哥哥们都不愿意相信弗雷尔的话，翻身又睡去了。

"要不是我把你们的衣服和女巫女儿们的衣服调换了，你们早就被杀死了！"弗雷尔用手指了指那些被割断脖子的女孩儿们。

十兄弟被眼前的景象吓得魂飞魄散，带着弗雷尔拼命地向黑森林外跑去。

没多久，女巫从睡梦中醒来，发现弗雷尔不见了，意识到大事不妙，急忙跑到了女儿们的屋里。女巫看到了在黑暗中被自己误杀的穿着白袍子的女儿们，气得大叫起来，发誓一定要杀了弗雷尔和他的哥哥们。

女巫用巫术唤来一阵风，乘风追赶弗雷尔和他的哥哥们。弗雷尔和哥哥们刚穿过树林，还没有跑出一半的路程，回头就发现了女巫。

哥哥们吓懵了，脑子里一片空白，拼命往家跑。只有弗雷尔临危不乱，从树丛中翻出一只雀蛋，朝女巫扔去，顿时在女巫面前出现了一条又宽又急的大河。

女巫十分生气，急忙回到家，找来了一只能吸干河水的宝葫芦。女巫用葫芦将河水吸干后，继续追赶弗雷尔和他的兄弟们。

"小心！迪博·恩格尔又追过来了！"弗雷尔见女巫又追了上来，对惊慌失措的哥哥们喊道。

哥哥们吓得头也不回地向家跑去。

弗雷尔从地上捡起一块石头用力扔向女巫，刹那间石头变成了一座大山拦住了女巫的去路。

女巫气得"哇哇"怪叫，于是又飞回家，找来了一把魔斧，对着大山劈了几斧。大山被劈成两半儿，女巫继续追赶弗雷尔和他的兄弟们。

"加油，我们就要到村子了。"弗雷尔对哥哥们说道。

话音刚落，只见哥哥们跑得更快了。不一会儿，他们就逃回了家。

女巫见他们已经回到了家里，便不敢轻举妄动，躲在村子附近，伺机报复。

第二天早晨，村长让弗雷尔和十兄弟一起去黑森林中打

柴。十兄弟十分害怕，干活儿时紧紧围在一起，警惕地看着四周。

没想到，女巫听见了村长的话，于是变成一根木头躺在一个十分显眼的地方。兄弟们一眼就看到了那块木头，想也没想就把那根木头捡了起来。

"虽然你救过我们的命，可你也不能什么都不干啊！"这时，一个兄弟对弗雷尔说。

"哥哥们，不是我不想干活儿，只是那木头是女巫变的，我可不想让大家因此丧命！"弗雷尔小声地回答道。

听弗雷尔这么一说，哥哥们立即扔下木头，撒腿就往家跑。被识破的女巫气得身体直发抖，可是又不敢贸然追击，只好返回家中，另想办法报复弗雷尔和他的兄弟们。

几天后，弗雷尔和哥哥们来到黑森林摘野梅子。他们望着筐里刚摘来的已经干瘪的梅子，不由得叹气。这时，一个兄弟突然尖叫起来。原来，不远处有一片郁郁葱葱的梅子林，树上挂满了饱满光润的梅子。

"快把手拿回来，这棵树被迪博·恩格尔施了巫术，吃了梅子的人会立刻死掉！"大哥伸手去摘梅子，却被弗雷尔喊住了。

兄弟们拉着被吓呆了的大哥，急急忙忙地跑回了家。

女巫的计策再次被弗雷尔识破，气得要疯了。

又过了几天，兄弟们出去干活儿时，看到村外草地上有一头正在吃草的驴。他们仔细看了一下四周，发现那头驴没人看管，便都匆匆跑过来，骑到了驴背上。可是，驴背上再没有地方能容下弗雷尔了。

"我们挤一挤，你也上来吧！"哥哥们说。

"不行，我虽然小，可无论如何也容不下我了。"弗雷尔看了看那头驴。

话音刚落，奇迹发生了，那头驴子好像能听懂人话一样，自己长长了一点儿，刚好能容下弗雷尔。

"哎呀，这驴背太长了，我是坐不上去的！"弗雷尔叹了一口气。

说完，那头驴又变回了原来的大小。

"哈哈，这头驴竟能听得懂人话，一定是迪博·恩格尔变的。哥哥们，快下来！"弗雷尔笑着说。

哥哥们连忙从驴背上跳了下来，只见那头驴子飞快地逃进了黑森林深处。

女巫总结之前的经验教训，发现每次失败都是因为小不点儿弗雷尔。

"只要搞定弗雷尔，解决那十个蠢兄弟就不成问题了。"女巫想到这里，得意地笑了。

第二天，一个非常美丽的少女来到村子里。村里人从来都没有见过这么美丽的姑娘，纷纷围上来嘘寒问暖。

"我要见见弗雷尔。"少女羞涩地说。

弗雷尔一家热情地款待了少女。弗雷尔还亲自下厨为少女做了丰盛的美餐。不知不觉天黑了，少女起身要走，请求弗雷尔送她一程。弗雷尔答应了。

少女在前面走，后面跟着弗雷尔。可到了黑森林，少女

突然不见了踪影。弗雷尔十分警惕，瞪大了双眼，准备随时应对危险。

忽然，从一棵大树后钻出一条十分可怕的大蟒蛇，愤怒地扑向了弗雷尔。弗雷尔不慌不忙，身子一闪，躲开了。

"哈哈，还好我早有准备。"弗雷尔说着，变成了一团烈火，冲向了女巫变成的大蟒蛇。

大蟒蛇因为太笨重，来不及转身，被弗雷尔变成的火焰烧成了灰烬。

弗雷尔回到家，把女巫的死讯告诉了哥哥们。

哥哥们十分高兴，将弗雷尔的英勇行为报告给了村长。

村长将全村人聚在一起，举行了一个盛大的宴会，庆祝弗雷尔消灭了女巫。人们纷纷赞扬弗雷尔的智慧与勇敢。